U0883563

湖南大学出版社
图书出版基金资助项目

本书为湖南省哲学社会科学基金项目（21YBA029）研究成果

语言与传播丛书

汉诗英译概说
——以古典诗词为例

■ 邓红霞　成矫林　李　勇◎著

An Introduction to English Translation of Chinese Poetry
—A Case Study of Classical Poetry

湖南大学出版社
·长沙·

图书在版编目（CIP）数据

汉诗英译概说：以古典诗词为例 / 邓红霞，成矫林，李勇著. -- 长沙：湖南大学出版社，2025. 2
ISBN 978-7-5667-3571-3

Ⅰ. ①汉… Ⅱ. ①邓… ②成… ③李… Ⅲ. ①古典诗歌—英语—文学翻译—中国 Ⅳ. ①I207. 22 ②H315. 9

中国国家版本馆 CIP 数据核字（2024）第 096366 号

汉诗英译概说——以古典诗词为例
HANSHI YINGYI GAISHUO——YI GUDIAN SHICI WEILI

著　　者：邓红霞　成矫林　李　勇
责任编辑：邓素平　陈思蓉
印　　装：湖南应点彩色印刷有限公司
开　　本：710 mm×1000 mm　1/16　　印　　张：16. 25　　字　　数：241 千字
版　　次：2025 年 2 月第 1 版　　印　　次：2025 年 2 月第 1 次印刷
书　　号：ISBN 978-7-5667-3571-3
定　　价：68. 00 元

出 版 人：李文邦
出版发行：湖南大学出版社
社　　址：湖南·长沙·岳麓山　　邮　　编：410082
电　　话：0731-88822559（营销部），88821327（编辑室），88821006（出版部）
传　　真：0731-88822264（总编室）
网　　址：http://press. hnu. edu. cn
电子邮箱：820178310@ qq. com

版权所有，盗版必究
图书凡有印装差错，请与营销部联系

前　言

中国古典诗词文字艰深、语言凝练、思想深邃，是中国丰富多彩的文化宝库中的一颗璀璨的明珠，是绽放在世界文坛里的一朵奇葩，是西方世界了解中国文化的重要途径。其具有独特的节奏和韵律，语言凝练而生动，往往三言两语就能描绘出一幅寄托作者不同思想感情的美丽画卷：或是“会当凌绝顶，一览众山小”的豪情壮志，或是“莫道桑榆晚，为霞尚满天”的旷达豪迈，或是“自古逢秋悲寂寥，我言秋日胜春朝”的乐观豁达。中国古典诗词以其独特的美感，为我们带来不同视角的盛宴。

作为世界文学史上独树一帜的艺术宝藏，中国古典诗词凭借其独特的魅力吸引了许多外国人的关注，在世界范围内广为传播。在这一过程中，翻译无疑就起到了难以替代的作用。在推动中国文化“走出去”、构建文化“软实力”等国家战略的驱动下，诗词成为外国人了解中国文化精髓的桥梁，也是传播中国文化的重要载体。中国古典诗词是民族语言存在的高级形式，它全面而集中地展现了汉语的丰富性和灵活性。与一般翻译相比，中国古典诗词的英译具有特殊性和独特性，因为，译者不仅需要关注诗词的含意，还需要关注诗词的音韵、格律、对仗、意境等。有时候译者想要准确地传达原诗的意境，却难以保留原诗的韵律节奏之美；有时候做到了保留原诗的韵律节奏之美，却可能破坏原诗的意境，甚至于不能传达原诗的含意；有时候由于历史文化等客观因素以及译者本身的主观因素差异，不可避免地引起了翻译中的误译。

例：怀哉千载心，俯仰数椽足。（[宋] 朱熹《山斋》）“椽”是什么意思?《诗说岳麓书院》将“椽”注为“放在檩上架着屋面板和瓦的木条”。[①]“椽”固然有这层意思，但与诗意不合。《王力古汉语字典》将其注为“又用作量词，指房子的间数（晚起义）”。[②] 如宋朝陆游《夜雨》诗之二：“寒雨连三夕，幽居只数椽。”又如宋朝许棐《数椽》诗：“数椽茅屋傍林塘，幽似山僧独住房。”因此，“俯仰数椽足”应理解为“生活起居有几间小屋就够了”。故吴扬才将其译为“A thousand years of virtue kept in mind. /A few rooms are enough to live I find.”。

由此可见汉诗英译之难。然而，许多中外学者知难而进，将大量中国古典诗词作品翻译成各种外国语言，使许多中国古典诗词获得了世界性的声誉，为弘扬中国古典文化、丰富世界文化作出了巨大贡献。

从已知史料看，诗词的英译“就时间论，西人居先”。19世纪的德庇时、理雅各、翟里斯和宇文所安等外国汉学家努力克服语言、文化的种种障碍，开创了诗词英译的先河，促进了中西方的文化交流。中国学者后来居上，尤其是一批近现代学贯中西、才气纵横的大师，完成了诗词英译这一看似不可能完成的任务，如蔡廷干、苏曼殊、林语堂、初大告、孙大雨、刘重德、戴乃迭、许渊冲、翁显良、汪榕培等都在诗词英译方面颇有成就。其中集大成者当推许渊冲，他精选了四五百首中国古典诗词，将其翻译成英、法两种语言，被誉为“诗译英法唯一人”，并在长期的翻译实践过程中，提出独具自己风格的翻译理论——“三美”论，为诗歌翻译作出了重要贡献。本书作者基于对饱读诗书、思若涌泉、诗若春华的文人学士的敬仰，以促进中西文化交融与文明互鉴为动力，在曾经翻译过《江格尔》的良师益友吴扬才老师的帮助和鼓励下，开始探索古诗词这一异彩纷呈、绚丽多姿的世界文化宝库。

本书以中国古典诗词英译为研究对象，共分为六章。第一章分别从《诗经》、《楚辞》、乐府、古体诗、近体诗、词曲等方面介绍了汉语诗词的类型，

---

① 江堤：《诗说岳麓书院》，湖南大学出版社，2022，第11页。

② 王力编：《王力古汉语字典》，中华书局，2015，第507页。

从意、声、境和词几方面介绍了汉语诗词的美学特色。第二章首先介绍了古典英语诗，再从音步、诗行、押韵、格律的变化四个方面阐述了英语格律诗的形成及特点，只有仔细研究英诗的格律，才能更好地品味英诗的意象美和音乐美，从而不断提高自己的英诗鉴赏能力和翻译水平。第三章从节奏、押韵、对仗、诗行与诗节等方面对汉诗与英诗的诗律进行了比较。第四章对汉诗英译进行了简要的回顾，并对汉诗英译的理论进行了梳理。第五章从美学视角入手，对国内外古典诗词英译大师的作品进行比较，结合中外译家的大量例证，对古典诗词中各种文化因素造成的翻译障碍进行了分析，并对如何克服这些困难进行了探讨。第六章首先解释了古典诗词的可译性和不可译性，随后通过大量的英译作品探讨出古典诗词翻译是一个充满可译性与不可译性的辩证体。

中国古典诗词是中华文化的重要载体，它不仅深深地影响着中国文化的传播，还对世界诗词的发展有着深远的影响。在全球化和中西文化融合的大背景下，以古诗词英译为主题进行研究，对于中国国际形象与海外文化话语体系的建构具有重要的意义，以期为中国文化“走出去”提供借鉴。

中国古典诗词是中国文化的典型代表，中国翻译界把中国古典诗词译成外文，对传播中国文化起着举足轻重的作用，具有时代价值和战略意义。本书抛砖引玉，期待更多能人志士对中国古典诗词翻译进行更深入、多方位的研究，促进中国优秀文化在世界范围内获得更好的传承和发展。

作 者

2023 年于长沙

目次

第一章

汉语古典诗词概述

古诗词以其独特的语言和意境表现了诗人当时所处的社会生活和精神世界，古诗词这个概念既涉及时间概念，也涉及文学体裁。从时间上来说，指的是中国古代，即从先秦两汉时期开始到五四运动为止的诗词类作品。从文学体裁上来看，古诗词包括古典的诗与词。诗又称为诗歌，是文学体裁的一种，用具有韵律感和节奏感的语言来反映生活，抒发情感。诗歌分为古体诗、近体诗。古体诗包括诗、骚、乐府、古风；近体诗分为律诗、绝句。词则是诗歌的一种，萌芽于隋唐之际，形成于唐代，盛行于宋代。

诗歌是借助具有节奏感和音乐美的语言，构造具有诗美意境，表现诗人强烈情致的一种文学体裁。

第一节　汉语古典诗词的类型

古典诗词主要体裁类型包括古体诗、近体诗、词和曲。

一、古体诗

中国是一个诗的国度，诗的历史源远流长。随着政治经济环境的不断更迭，诗歌的体式也发生过诸多变化。作为诗歌最大分水岭的唐代开始盛行近体诗，近体诗根据汉语一字一音以及音韵声调的特点而形成，它更符合音乐美和形式美，之前所有不讲究太严谨的格律的自由诗都称为“古体诗”“古风”或者“往体”。从内容上看，包括唐代以前的诗歌，主要有巅峰时代《诗经》所载的《风》《雅》《颂》，《楚辞》，汉乐府，魏晋南北朝民歌，建安诗歌，陶诗文人五言诗以及一部分唐代的古风、新乐府。从体裁上看，古体诗主要有四言、五言、七言之分。四言如《诗经》《观沧海》。《楚辞》中已多有五言，五言体成熟于汉代，如三国时期曹植的《七步诗》：“煮豆燃豆萁，豆在釜中泣。本是同根生，相煎何太急?”还有《古诗十九首》《鼓吹曲》《横吹曲》等五言名篇。七言也称“七古”，在汉末已出现，如曹丕的《燕歌行》；后世也有作七言古诗的，像李白的《金陵酒肆留别》就属于七言古诗。杂言诗指的是长短句杂在一起、字数不定的诗，以三字句、五字句、七字句相间为主要形式，最短的只有一字，也有四字句、六字句，长的则有九字、十字以及更长的句子，如李白的《梦游天姥吟留别》。很多学者都不将杂言诗视为单独的一类，而是将其归入七古，即便是诗篇中完全没有七字句，只要是长短句，就归入七古。杂言诗比较自由，不受束缚地表现诗人的情感，如《行路难》《将进酒》《蜀道难》《茅屋为秋风所破歌》等。

当然，古体诗不受格律限制是相对而言的，并不是完全没有格律。总体来说，古体诗主要包括如下几个特征。

其一，用韵灵活多变。

较于近体诗来说，古体诗最大的特点是没有严格限制声韵，尤其对于早期的诗歌而言，声韵是相对自由的，可押平声韵，也可押仄声韵；可以用同一个韵部，也可以押“邻韵”，比如《诗经》中的《静女》《硕鼠》等都是具有代表性的作品；从用韵数量来看有一韵到底与换韵两种形式，从韵脚的距离来看则分为句句押韵、隔句押韵以及交韵。《楚辞》虽然每句诗的字数错落有致，但是在韵律方面也有句句用韵、间句用韵、四句三韵等多种变换形式。到了魏晋南北朝时期，声韵的发展开始朝着有序的方向前进，在诗歌中句首、句尾押韵的现象开始慢慢减少，偶句押韵成为常见的押韵方式；至南朝齐永明年间，永明体出现，中国传统诗歌开始逐渐走向规范，永明体的产生使诗歌从汉魏的浑朴古拙走向了魏晋南北朝的精妍新巧。

其二，对仗自由多样。

近体诗必须对仗，而古体诗不讲求平仄和对仗，即使偶用对仗，一般也不求工整。在近体诗中，对仗出句和对句的相同位置上是绝对不能同字的，但是古体诗并无此要求。近体诗对仗必须是平仄相对，而古体诗的对仗不仅可以平仄相对，还可以平对平、仄对仄，并没有确切的要求。四联近体诗的对仗，中间两联是必须满足的，首联比较随意，而更多联的律诗，首尾两联可以选择是否使用对仗，但是中间各联必须都使用对仗。而古体诗的对仗却并没有固定的位置，各联对与不对，极为自由，“律诗对仗，唯求其工；古风的对仗，唯求其拙”①。当然，唐代的古体诗由于受到格律的影响，有一部分古体诗是带有律句的，可以说是诗人故意为之，以此造成古拙的感觉。

其三，体式、句式种类多样。

古体诗没有篇幅上的限制，也没有固定格式，少则有一句之歌，多则如骚体一般完全根据所处时代背景而形成鸿篇巨制，充分地表达自己的情感而不拘泥于规格，如白居易的《琵琶行》88句、《长恨歌》120句，韦庄的《秦妇吟》238句，《孔雀东南飞》357句，这些诗歌都具有极高的艺术成就。在句式方面，古体诗有四言、五言、七言、杂言等多种形式。事实上，古体诗的创作从一个字到九个字都曾经出现过，只是在诗歌史上所占的地位轻重不同，五言、七言因其适用性广而得以在唐代长足发展。

以下重点介绍古体诗中的《诗经》、《楚辞》、乐府等代表性的作品及类型。

1.《诗经》

《诗经》共305篇，是我国最早的一部诗歌总集，它最早的名字叫《诗》。一开始，诗是先民“饥者歌其食，劳者歌其事”的自然吟唱，西周的统治者为了观民风，派人采收起来再经乐官之手编成了这部诗集。在先秦，它的音乐用作宴饮与祭祀的曲目，文字用作贵族子弟的教科书内容；到了西汉，尊奉儒术的统治者将之奉为经典，始有《诗经》之名称。它反映了西周初年（公元前十一世纪）至春秋中叶（公元前六世纪）近500年的古代社会生活。

《诗经》以四言为主，非四字句（句末语气词也算）又以五字句最多，三

① 王力：《汉语诗律学》，上海教育出版社，2005，第460页。

字句次之，六字句又次之，一、二、七、八字句最少，四字一句是《诗经》最大的特点。《诗经》属于古风，不讲究平仄对仗，句式句数相对自由，但有押韵。

按其内容，可分为“风”“雅”“颂”三类。“风”乃周代各地民间歌谣，共160篇，总称十五国风；“雅”乃西周京都正声雅乐，又分《大雅》（31篇）、《小雅》（74篇），共105篇，多为官吏或文人创作；“颂”乃王侯在宗庙祭祀时用的乐歌或舞曲，分《周颂》（31篇）、《鲁颂》（4篇）、《商颂》（5篇），合称“三颂”（共40篇），在语言技巧、体裁形式、艺术形象和表现手法上，都显示出早期诗歌作品在艺术上的巨大成就。赋、比、兴的运用，既是《诗经》艺术特征的重要标志，也是我国古代诗歌创作的基本手法，为后世的诗歌创作奠定了深厚的文学基础，堪称中国文学宝库中的基石。《诗经》的内容十分丰富，几乎涉及当时社会生活的方方面面，不仅讽刺了统治者的骄奢淫逸，也真实描述了人民大众的劳苦生活；不仅反映了劳动人民被剥削、被压迫的悲惨命运，沉重的兵役和徭役给劳苦人民带来的深重灾难，也反映了劳动人民对命运的抗争；不仅反映了当时的风俗人情，如劳动人民的婚姻、宴请及祭祖，也反映了天象、地貌、动物、植物……可以说，它是西周初期到春秋中叶社会生活的一面镜子，是先辈跳动的灵魂，每一首诗里都有一个动人的故事，每个故事都真实流露着先辈鲜活的情感，情动于中，歌以咏之。先辈用朴素的歌声唱出了最动人的喜怒哀乐与悲欢离合。美好的爱情故事有“关关雎鸠……君子好逑”热烈奔放的痴情，有“有女如云……匪我思存”心无旁骛的专情。丰富的婚姻故事有“巧笑倩兮，美目盼兮”的薄命红颜，有“桃之夭夭，灼灼其华”对年轻姑娘出嫁的祝福，有“予美亡此，谁与独处”生死相隔的凄惨。沉重的战争徭役故事有“我心伤悲，莫知我哀”对战争、徭役的厌恶，有“岂曰无衣，与子同袍”同仇敌忾的沙场豪情，有“日之夕矣，羊牛下来”的亘古守望。多彩的农事田猎故事有“十亩之间兮，桑者闲闲兮”采桑女劳动后的悠闲与浪漫，有“无衣无褐，何以卒岁”农民的心酸苦楚。细腻的感怀伤时故事有“心之忧矣，其谁知之”发自心底的哀伤，有“知我如此，不如无生”的哀世咏叹。温暖的亲情故事有“我送舅氏，悠悠我思”超越利益的温馨柔情，有“哀哀父母，生我劬劳”的孝道与感恩……许多脍炙人口的诗篇需要我们细细地品读。

《诗经》是我国古代人民智慧和经验的结晶，为我国诗歌创作奠定了深厚的文学基础，堪称中国文学宝库中的一朵奇葩。阅读这部传世巨著，不仅可以加深我们对当时政治、经济、文化和社会的了解，还可以开拓视野，陶冶道德情操，提升人生品位。

2.《**楚辞**》

《楚辞》是我国第一部充满激情的浪漫主义诗歌总集。楚辞体诗歌的产生，与楚地的巫风盛行直接相关。楚辞体是在楚国民歌的基础上加工提炼而发展起来的，其大量引用楚地的风土物产和方言词汇，作品更多地用于“隆祭祀，事鬼神”的歌舞表演，奇特的想象和超现实的内容特别突出，语言风格婉约细腻，充满浪漫色彩。这种诗体起于战国时楚国。西汉末年，文学家刘向将屈原、宋玉的作品以及汉代淮南小山、东方朔、王褒、刘向等人承袭模仿屈原的作品共16篇辑录成集，定名为《楚辞》。《楚辞》以抒发个人情感为主，篇章宏阔，想象丰富，内涵深厚，文采华美，句式参差错落，对偶工巧，句式更长，有独特的韵律和语言特点，侧重隔句押韵。“九歌”是《楚辞》中的篇名，被屈原、宋玉等楚地作家继承，再影响后代作家的创作形式，直到清代都有楚辞体诗歌写作，这种诗歌形式是汉语诗歌的主要诗体之一。楚辞和汉代的赋作之间关系密切，所以汉代的学者也称屈原、宋玉等的作品为“屈原赋”“宋玉赋”。

《楚辞》开创了中国浪漫主义文学传统，在中国诗史上占有重要地位。《离骚》是其具有典型性、思想性及艺术性的重要代表作。《离骚》追述家世、姓名的由来，历代君主执政的得失；详尽陈述了作者远大宏伟的政治理想和抱负，以及在政治斗争中遭受的迫害，表达了对反动势力的批判，以及对理想的向往及讴歌。“路曼曼其修远兮，吾将上下而求索”“长太息以掩涕兮，哀民生之多艰”“亦余心之所善兮，虽九死其犹未悔”“皇天之不纯命兮，何百姓之震愆。民离散而相失兮，方仲春而东迁”……难以尽举的名句，饱含深情与关爱，将祖国和人民的命运、福祉系于一身，其精神激励了一代又一代的志士为国为民奋斗不止。《楚辞》开启了诗人独立创作的先河，并在诗坛上大放异彩；继承了《诗经》的比兴手法，强化了“香草美人”的寓意。因此后人将《诗经》与《楚辞》并称为“风骚”，《诗经》与《离骚》也共同成为我国文学史上现实主义与浪漫主义的两块奠基石。

3. **乐府**

乐府是汉武帝时期设置的搜集民间歌谣，制订乐谱，以及训练乐工的专门官署。凡是经过乐府谱曲、演唱的诗歌，以及后世文人袭用乐府旧题或模仿乐府体裁所作的诗歌统称为乐府诗，以五言为主。它是继《诗经》《楚辞》而起的一种新诗体，在很大程度上继承了《诗经》传统的思想和风格，保持了一贯的质朴、清新、刚健，内容丰富而深邃，但是相较于《诗经》又具有更加强烈的现实感和针对感。如今保存的汉乐府民歌题材广泛，涉及男女之间的谈情说爱，孤儿、病妇的走投无路，劳动人民的民情风俗、民生疾苦；征人离愁和徭役之苦，饮酒求仙与人生无常，言志感怀和人生哲思；等等。

例如《长歌行》：“青青园中葵，朝露待日晞。阳春布德泽，万物生光辉。常恐秋节至，焜黄华叶衰。百川东到海，何时复西归？少壮不努力，老大徒伤悲。”全诗的开篇以草木、春阳和江河起兴，下文直接引出哲理，勉励后人在风华正茂时珍惜当下时光，奋发图强。全诗既在写景，又充满了对生命和光阴的思考，确立了后世诗歌创作中珍惜时间，勉励青少年奋发努力的主题，是乐府诗中的经典短篇。李白是乐府大家，他使用乐府曲调创作的乐府作品数量最多。元稹、白居易推动了新乐府的创作，对后世的影响深远。一般认为乐府诗真正发展于两汉时期，魏晋南北朝是乐府诗发展的巅峰时期，而唐代是乐府诗发展的分水岭。在唐代之后，由于宋代经济基础薄弱，乐府诗进入转型发展期，宋代文学形式突出的是词。

乐府诗很多标题有“曲”“辞”“歌”“行”“歌行”“引”“吟”等字样。歌行体属于乐府民歌的一种体式。歌是总名，古人把铺张本事而歌称“行”，“行”“吟”“曲”“引”“叹”“篇”“调”等均称“乐府歌行体”，其间无严格区别。乐府诗的特点：一是有固定的词调，而大多篇无定句，句无定字，以杂言为主，口语化，通俗生动；二是押韵比较自由，不讲平仄、对仗；三是除比、兴外，多用排比铺陈，叙事曲折淋漓，善于用对话和细节描写来刻画人物，塑造形象。总之，作为持续两千年之久的中国传统文学中的诗歌体裁，乐府诗兼具抒情性、叙事性和音乐性，是许多文学体裁的发展源头。乐府诗生命力强大，是华夏文明音乐史卷的重要组成部分，为后世诗词的发展奠定了一定的基础；是中国诗史上的文明奇迹，在中国传统文化历史长河中发挥着独有的作用，对中国诗歌发展有着极大贡献和深刻影响；是中华民族宝贵的精神文化财富。

通过乐府诗的学习，人们能够了解历史故事、道德准则和社会规范，培养自己的文化修养和品德。

总之，古体诗在中国古典诗歌体式中起着十分重要的作用。到了唐代，近体诗已经完全成为诗歌创作的主流，但是古体诗仍有一席之地，并没有从此衰微，甚至一度达到了极致。唐朝兴盛起来的歌行，将古体诗的创作推向了顶峰。

二、近体诗

近体诗是与古体诗相对的一种诗歌样式，是唐人对当时诗的格律化的一种说法，又称今体诗、格律诗。这里的所谓“古”和“今（近）”是站在唐代人的立场上而言的。近体诗主要包括律诗和绝句，这种诗体短小明快，节奏感强，富有对称美，深受诗人及读诗者的喜爱。

诗歌发展到南北朝时期，诗人把汉字的读音声调变化规律总结为平声、上声、去声和入声四种，并将上声、去声、入声看成“仄”声，与平声相对应。他们认为作诗可以根据平声和仄声的特点来排列句子，使诗读起来更有节奏感。四声的发现引起了一场诗歌的创新，诗人们开始对诗句的平仄结构进行探索和规范，对词语按其之间的逻辑关系和结构关系进行对应配合，形成了一定的格律。后来，经过初唐四杰（王勃、杨炯、卢照邻、骆宾王）、宋之问、沈佺期、杜审言等许多诗人的创作实践，这种格律逐渐成熟，人们就把这种在句数、节奏、押韵、对仗、平仄等方面有严格规定的格律诗称为近体诗或今体诗，而把不符合这种格律的诗称为古体诗。

近体诗或格律诗根据每首句数的不同被分为三种体裁：一首八句的称为律诗，律诗共分四联，第一联叫首联，第二联叫颔联，第三联叫颈联，第四联叫尾联；一首四句的称为绝句；十句以上的称为长律或排律。

根据字数的不同，格律诗又分为五言律诗（每句五个字）和七言律诗（每句七个字）。长律一般都是五言的，七言长律少见。绝句也有五言绝句和七言绝句之分。所谓绝句就是截取律诗的一半，故有人又称之为“截句”，其韵律、平仄、对仗等要求与律诗完全一样。隔句押韵，首句或押韵，或不押韵。王维、杜甫是唐代格律诗创作的杰出代表。到宋代，格律诗在创作技巧方面趋于成熟，且达到最高境界，最有代表性的诗人是创立“江西诗派”的黄庭坚。

盛唐是唐诗的最高峰，也是中国古典诗歌的全盛时期。近体诗在唐代定型后，成为唐代诗人致力创作的诗歌体式。它成为大唐文化的奇葩，展示出永恒的艺术魅力，令人叹为观止。比如王维、孟浩然、高适、李白等创作的内容浑厚、艺术精湛的五言律诗，还有杜甫、李商隐完全成熟的七律，对仗灵活的绝句也成为盛唐诗坛上最活跃的表现形式，篇幅短小、意味深长、语言纯净、情韵天然。

三、词曲

词其实也是诗，是诗的别体，诗的一种特定的表现形式。宋代人把词和律诗结合起来，把词律化了，所以又有人说“词是一种律化的长短句”[①]。

最早的词，本来指的是歌词，是一种配合乐曲来唱的诗歌。它渊源于西汉乐府，奠基于隋唐，成熟于两宋，明清两代繁衍不衰。迄于现代，仍然名家辈出，有不少深受群众喜爱的词作流传。

每一首词都有与其相配合的乐调，这就是词调。词调越来越多，如同现在流行的成千上万首歌曲，歌词不同，配合的曲调也不同。有些曲调很流行，后人就利用这个曲调填制新的文辞，这个曲调就成为一个格式。传下来的词总共有多少格式呢？清代的《钦定词谱》共收录了 2306 个，可见其格式之多。

这么多词调，为了运用方便，总得给它们起名字，这些名字就是词牌。词牌，就是词调的名称，也就是词的格式的名称。最初，词牌是反映了词的内容的，如“渔歌子”咏的是打鱼，“沁园春”是借用长宁公主沁水园的故事，但后人填的词，其内容就与词牌不相干了，只是套用原来的词调格式罢了。在这种情况下，就在词牌下另写一个题目，如毛泽东的《沁园春·长沙》，这里的“沁园春”是词牌名，“长沙”是词牌之下的题目，它与原来的词牌名包含的意义已经没有联系了。

词也可以分类。从字数上看，可分为小令、中令和长令。五十字以下为小令，五十字至一百字为中令，百字以上为长令。从段落结构上看，可分成单调、双调、三叠、四叠。单调，就是全词只有一段。双调，就是全词两段，术语称上片、下片或上阕、下阕。三叠，就是全词三段。四叠，就是全词四段。

---

① 席金友：《诗词基本知识》，内蒙古人民出版社，1980，第 198 页。

每个词牌有多少句，其中每一个句子是几个字，是规定好了的；每个字的平声仄声，在何处押韵，在何处对仗，也是有规定的。就是说，填词时必须严格按照词谱进行。在这个意义上讲，词律比诗律更严。

词的押韵较为宽松。律诗偶句押韵是固定的，词则位置不定，或一句一韵，或两句一韵，或多句一韵。律诗基本上是平声韵，词则有平有仄，甚至在一首词中有押平声韵也有押仄声韵，或平声仄声通押。律诗一韵到底，词则不一定，或一韵，或换韵，有的甚至多次换韵。然而，这些宽松只是相对律诗而言的，用什么韵，何处用韵，怎样用韵，词谱中是有严格规定的，填词人不能脱离词谱。

词的平仄严于律诗。律诗的平仄允许有一定的变通，而词除了词谱中规定可平可仄的地方外，填词人是不能随便变通的。

词的对仗和律诗基本相似，但也有些不同。词是长短句的形式，必须在相邻两句字数相等的条件下才有对仗的可能，所以词的多数句式不适宜对仗。律诗固定中间两联必须对仗，词则或有对仗，或无对仗，对仗的位置也因词调的不同而不同。律诗对仗要求上下联相黏，词的对仗不受黏对限制。下面举小令、中令来说明这些情形。

忆江南

平(平)[1]仄

(仄)[2]仄仄平<u>平</u>[3]

(仄)仄(平)平平仄仄

(平)平(仄)仄仄平<u>平</u>

① 本书中带圈的平字用来指用字可以不拘泥于平仄关系，称作“平可仄”。

② 本书中带圈的仄字用来指用字可以不拘泥于平仄关系，称作“仄可平”。

③ 本书中用下划线标识韵字。

㊀仄仄平平

江南好，

风景旧曾谙。

日出江花红胜火，

春来江水绿如蓝。

能不忆江南？

——［唐］白居易《忆江南》

渔家傲

㊀仄㊥平平仄仄

㊥平㊀仄平平仄

㊀仄㊥平平仄仄

平㊀仄

㊥平㊀仄平平仄

㊀仄㊥平平仄仄

㊥平㊀仄平平仄

㊀仄㊥平平仄仄

平㊀仄

㊥平㊀仄平平仄

塞下秋来风景异，

衡阳雁去无留意。

四面边声连角起。
千嶂里，
长烟落日孤城闭。

浊酒一杯家万里，
燕然未勒归无计。
羌管悠悠霜满地。
人不寐，
将军白发征夫泪。

——［宋］范仲淹《渔家傲·秋思》

宋初词人崇尚典雅，宋词细致缠绵，如晏殊和欧阳修的小令；但也有颇为苍凉悲壮的，如范仲淹带兵抗击西夏时所作反映边塞生活的《渔家傲》；王安石的《桂枝香》，乃是刚劲豪放的绝唱。柳永、苏轼、李清照和辛弃疾等创作的作品达到了一个开拓跌宕、视野广阔的新意境。

曲始于南宋而兴于元，包括杂剧和散曲。杂剧是戏曲，散曲是诗歌。散曲又分小令和套数两种，从格律方面来讲，有的曲在仄声用韵，有时更严格地区分为上声和去声，有的曲还需要满足“鼎足对”的对仗格式，即要求三个句子之间相互对仗，譬如《寄生草》《天净沙》等就常用这种对仗格式。曲的韵脚比词的韵脚密集得多，绝大多数曲几乎是每一句都要押韵。曲的句式也更加自由，可加很多衬字用以补足语气，增加声情色彩，且方言土语皆可入曲，语言通俗、浅显、自然、直白、率真，更贴近人民生活，或讽刺时弊，或描绘风俗，或抒亡国之痛，等等。

第二节 汉语古典诗词的美学特色

一、意须正

古诗词讲究“言有尽而意无穷”，言外之意、字外之音常常能够调动人们的想象力，所有古诗词的意无限且含蓄，温婉含蓄则又进一步增添了古诗词的意境。如贡奎的《梦故人》：

千里万里道，三年二年别。鸿雁去复来，我友音书绝。梦中忽一见，款语情更切。觉来失处所，残釭半明灭。相思各天涯，长夜寒剽冽。风霜草木变，贫贱不易节。中心谅谁知，素月当空洁。

这首诗前四句写故人久别，音信全无；第五、六句用故人入梦，照应诗题；第七至第十句写梦醒之后所见所感；末四句则自明心志。整首诗以事见情，情景交融，浑然一体，无雕琢之感。开篇两句以时空相对照，使人想到常年奔劳之苦。梦醒后残釭半明，更见寒夜之长。结尾两句中，“谅谁知”既自言高洁，又有故人不在、谁表予心之慨，更加怀念故人；“素月当空洁”也蕴含了“千里共婵娟”的寄托与期盼。本诗平淡之中颇有余味，自然工丽，有汉魏之古风。

又如，吴嘉纪的《客中送汪文冶之衡州》：

老怀易忘失，偏不失羁愁。金尽浪依人，悲君亦远游。远游何处所？春水满扬子。江树鹃啼一片月，云山客路三千里。寒泉皎皎下青松，君到衡山定忆侬。题罢音书无北雁，踟蹰独上祝融峰。

送行中的悲慨之意，起于诗人与友人的离别。诗人自嘲年岁渐长，记忆不好，却无法忘记羁旅在外的愁思与困苦。一想起友人与自己都要漂泊在外，心中更添悲伤。此诗全篇虽未言“不得”，却字字背后掩藏不得之意。佛家常言人有沉沦八苦，其中最苦的就是“求不得”。吴嘉纪此诗表达的“不得”之意，就是最深沉的悲慨之意。

二、声必和

古体诗押韵较自由，诗篇中可换韵，不讲求平仄协调，不要求对仗。相对而言，近体诗（格律诗）的格律要求严格，它要求押平声韵，且不能换韵，字与字之间、句与句之间要讲平仄，有对仗要求，这使得诗文读起来朗朗上口，或节奏分明、音调铿锵，或声韵和谐、气韵悠扬。

1. **押平声韵**

格律诗要押平声韵，押平声韵的是正格。今天见到的唐、宋人的格律诗，绝大多数押平声韵。格律诗的平声，包括现代普通话中的阴平和阳平。押平声韵的例子到处可见。例如：

白日依山尽，
黄河入海流。
欲穷千里目，
更上一层楼。

——［唐］王之涣《登鹳雀楼》

凤凰台上凤凰游，
凤去台空江自流。
吴宫花草埋幽径，
晋代衣冠成古丘。
三山半落青山外，
二水中分白鹭洲。
总为浮云能蔽日，
长安不见使人愁。

——［唐］李白《登金陵凤凰台》

押仄声韵的格律诗相对少些（七言仄韵格律诗更少），被视为变格，有人甚至视它为古体。例如：

千山鸟飞绝，
万径人踪灭。
孤舟蓑笠翁，
独钓寒江雪。

——［唐］柳宗元《江雪》

秋月照潇湘，
月明闻荡桨。
石横晚濑急，
水落寒沙广。
众岭猿啸重，
空江人语响。
清晖朝复暮，
如待扁舟赏。

——［唐］刘长卿《浮石濑》

绝代佳人何寂寞，
梨花未发梅花落。
东风吹雨入西园，
银线千条度虚阁。
脸粉难匀蜀酒浓，
口脂易印吴绫薄。
娇饶意态不胜羞，
愿倚郎肩永相著。

——［唐］韩偓《意绪》

格律诗一韵到底，中间不能换韵。排律无论多长也不能换韵，如白居易的长律《代书诗一百韵寄微之》，100 个入韵字全部都是“支韵”字，无一例外。

格律诗都是偶句押韵。首联的出句，即全诗的第一句，五言律诗通常是不起韵的，是正格；也有首句起韵的，不常见，是变格。七言律诗通常是首句起韵的，是正格；也有首句不起韵的，不常见，是变格。简言之，格律诗都是逢双句押韵，首句可起韵，也可不起韵。固定的偶句末尾押韵和谐，构成了旋律上的回环美。

另外，当我们读古诗的时候，有时觉得它们的韵并不和谐，这是由于语言发展了，语音起了变化，我们用现代的语音去读它们，自然不能完全适合了，并不是某些古诗的作者不讲究押韵。例如：

远上寒山石径斜，
白云生处有人家。
停车坐爱枫林晚，
霜叶红于二月花。

——［唐］杜牧《山行》

朱雀桥边野草花，
乌衣巷口夕阳斜。
旧时王谢堂前燕，
飞入寻常百姓家。

——［唐］刘禹锡《乌衣巷》

上面这两首诗中的“斜”字，现代普通话读“xié”，但在唐代“斜”字读“xiá”，与现代上海话“斜”字的读音一样。因此，在当时是和谐的。再如：

万里乘风去复来，
只身东海挟春雷。

忍看图画移颜色，
肯使江山付劫灰！
浊酒不销忧国泪，
救时应仗出群才。
拼将十万头颅血，
须把乾坤力挽回。

——［清］秋瑾《黄海舟中日人索句并见日俄战争地图》

该诗中的五个韵尾字“来、雷、灰、才、回”，用现代普通话读，感觉不是一韵到底，而是两个韵，即“来、才”为一个韵，“雷、灰、回”为另一个韵。其实，在平声韵中，它们同属“灰”韵，是完全押韵的。至于当时它们的韵母到底是“ai”，还是“ei/ui”，因为没有录音流传下来，我们就不得而知了。

2. **讲求平仄**

现代普通话有四个声调，即阴平、阳平、上声和去声。古汉语也有四个声调，但与现代普通话的四声不完全一样。古代的四声是：

（1）平声。这个声调到后代分化为阴平和阳平。

（2）上声。这个声调到后代有一部分变为去声。

（3）去声。这个声调到后代仍是去声。

（4）入声。现代普通话中无。

上面的前三个声调都好了解，因为在现代普通话中有相应的声调可作对比。较难了解的是入声。入声是一个短促的声调，只在现代江浙、福建、广东、广西、江西等处的方言中还保留着入声。对于讲上述方言的人来说，是不难了解入声的，但对于讲北方方言的人来说就较难了。这个问题，最终只能靠查工具书才能解决。上海古籍出版社出版的第1版《诗韵新编》将现代汉语分为十八韵，在有入声的韵后都将旧读入声的汉字另列出来，一目了然。

懂得什么是入声，对于我们欣赏旧体诗词的格律是有帮助的，比如杜甫的诗句“感时花溅泪，恨别鸟惊心”，后一句中的“别”字，如果用现代普通话去读，就会以为它出律了。其实，它是入声字，是合律的。

诗人们把四声分为平仄两大类，平就是平声（阴平、阳平），而上声、去声和入声统统被称为仄声。仄就是不平的意思。

格律诗有一套固定的平仄格式。平仄在格律诗中的交错出现规则可以概括为：平仄在本句中交替出现，平仄在对句中对立存在。

五言律诗和七言律诗都有四种平仄格式，它们都是由五言律诗的四种基本平仄句型变化而来。五言律诗的基本平仄句型有如下四种。

[a] 仄仄平平仄

[A] 仄仄仄平平

[b] 平平平仄仄

[B] 平平仄仄平

这好比是个公式，记住了五言律诗的这四种基本平仄句型，其他类型的律诗就可以由此推导出来。

这四种基本平仄句型构成了五言律诗的四大类型。

一型：首句 a 式 [仄起仄收]

[a] 仄仄平平仄

细草微风岸，

[B] 平平仄仄平

危樯独夜舟。

[b] 平平平仄仄

星垂平野阔，

[A] 仄仄仄平平

月涌大江流。

[a] 仄仄平平仄

名岂文章著，

[B] 平平仄仄平
　　官应老病休。
[b] 平平平仄仄
　　飘飘何所似，
[A] 仄仄仄平平
　　天[①]地一沙鸥。

——［唐］杜甫《旅夜书怀》

这种格式因为首句是仄起仄收，故全诗只能是［a］［B］［b］［A］依次排列。

二型：首句 b 式［平起仄收］

[b] 平平平仄仄
　　青山横北郭，
[A] 仄仄仄平平
　　白水绕东城。
[a] 仄仄平平仄
　　此地一为别，
[B] 平平仄仄平
　　孤蓬万里征。
[b] 平平平仄仄
　　浮云游子意，
[A] 仄仄仄平平
　　落日故人情。
[a] 仄仄平平仄

① 诗中的黑体字表示可以变通，下同。变通的规则后面再作介绍。

挥手自兹去，

[B] 平平仄仄平

萧萧班马鸣。

——[唐] 李白《送友人》

这种格式是 [b] [A] [a] [B] 四种句型的排列。

三型：首句 A 式 [仄起平收]

[A] 仄仄仄平平

太乙近天都，

[B] 平平仄仄平

连山到海隅。

[b] 平平平仄仄

白云回望合，

[A] 仄仄仄平平

青霭入看无。

[a] 仄仄平平仄

分野中峰变，

[B] 平平仄仄平

阴晴众壑殊。

[b] 平平平仄仄

欲投人处宿，

[A] 仄仄仄平平

隔水问樵夫。

——[唐] 王维《终南山》

这种格式因为首句是仄起平收，故只能依 [A] [B] [b] [A] [a] [B] [b] [A] 的句型排列。

四型：首句 B 式 [平起平收]

[B] 平平仄仄平
　　凄凉宝剑篇，
[A] 仄仄仄平平
　　羁泊欲穷年。
[a] 仄仄平平仄
　　黄叶仍风雨，
[B] 平平仄仄平
　　青楼自管弦。
[b] 平平平仄仄
　　新知遭薄俗，
[A] 仄仄仄平平
　　旧好隔良缘。
[a] 仄仄平平仄
　　心断新丰酒，
[B] 平平仄仄平
　　销愁斗几千。

——[唐] 李商隐《风雨》

这种格式因为首句平起，又要入韵，末字便必须用平声字，故须将 [B] 句变成首句，与 [A] 式构成对立，其余仍为同一型。

从以上五言律诗的四种平仄格式可看出，它们是四种句型的不同组合，只要知道第一句是平起或仄起、是平收或仄收，就可以把它们组合起来，因为仄起仄收、平起仄收、仄起平收、平起平收，都只有一种句型，除了把这种句型放在前面，别无选择。四种句型实际上是两对，上下句平仄相对，凡首句不入韵的律诗，知道上句就可以写出下句，知道这一联就可以写出下一联，把两联重复一次，就是一首律诗。如果首句入韵，就令首句和末句相同，其他句不变。

懂得了五言律诗的平仄格式，七言律诗的平仄格式就好掌握了。七言律诗的平仄格式就是在五言律诗的句型前面加两个字，规则就是“平平”前面加“仄仄”，“仄仄”前面加“平平”。这样，七言律诗也有四大类型。现在，我们就在五律前面加“平平”或“仄仄”，按上面的五律类型次序推导如下。

一型：首句a式［（平平）仄起仄收］

［a］（平平）仄仄平平仄

西山白雪山城戍，

［B］（仄仄）平平仄仄平

南浦清江万里桥。

［b］（仄仄）平平平仄仄

海内风尘诸弟隔，

［A］（平平）仄仄仄平平

天涯涕泪一身遥。

［a］（平平）仄仄平平仄

惟将迟暮供多病，

［B］（仄仄）平平仄仄平

未有涓埃答圣朝。

［b］（仄仄）平平平仄仄

跨马出郊时极目，

［A］（平平）仄仄仄平平

不堪人事日萧条。

——［唐］杜甫《野望》

二型：首句 b 式［（仄仄）平起仄收］

［b］（仄仄）平平平仄仄
　　剑外忽传收蓟北，
［A］（平平）仄仄仄平平
　　初闻涕泪满衣裳。
［a］（平平）仄仄平平仄
　　却看妻子愁何在？
［B］（仄仄）平平仄仄平
　　漫卷诗书喜欲狂。
［b］（仄仄）平平平仄仄
　　白日放歌须纵酒，
［A］（平平）仄仄仄平平
　　青春作伴好还乡。
［a］（平平）仄仄平平仄
　　即从巴峡穿巫峡，
［B］（仄仄）平平仄仄平
　　便下襄阳向洛阳。

——［唐］杜甫《闻官军收河南河北》

三型：首句 A 式［（平平）仄起平收］

［A］（平平）仄仄仄平平
　　蓬门未识绮罗香，
［B］（仄仄）平平仄仄平
　　拟托良媒益自伤。
［b］（仄仄）平平平仄仄

谁爱风流高格调，

[A]（平平）仄仄仄平平

共怜时世俭梳妆。

[a]（平平）仄仄平平仄

敢将十指夸针巧，

[B]（仄仄）平平仄仄平

不把双眉斗画长。

[b]（仄仄）平平平仄仄

苦恨年年压金线，

[A]（平平）仄仄仄平平

为他人作嫁衣裳。

——［唐］秦韬玉《贫女》

四型：首句 B 式［（仄仄）平起平收］

[B]（仄仄）平平仄仄平

昨夜星辰昨夜风，

[A]（平平）仄仄仄平平

画楼西畔桂堂东。

[a]（平平）仄仄平平仄

身无彩凤双飞翼，

[B]（仄仄）平平仄仄平

心有灵犀一点通。

[b]（仄仄）平平平仄仄

隔座送钩春酒暖，

[A]（平平）仄仄仄平平

分曹射覆蜡灯红。

［a］（平平）仄仄平平仄

嗟余**听**鼓应官去，

［B］（仄仄）平平仄仄平

走马兰台类转蓬。

——［唐］李商隐《无题》

上面所举的诗例中，除黑体字外，其平仄格式都是正格。但实际上，在一定的条件下，也可以作某些变通。

变通，并不是任意的，也有一定的规则。有一种说法，就是所谓“一、三、五不论，二、四、六分明”。意思是说，七律每句的一、三、五诸字的平仄可以“不论”，二、四、六诸字则必须“分明”，“分明”就是要求严守格式。至于第七字，押韵的用平，不押韵的用仄，这是固定的。五律每句只有五字，自然就是“一、三不论，二、四分明”了。这种说法，能够概括一些现象，但不能一概而论。有些地方可以不论，有些地方一定要论。所以又有人说：“一、三、五不一定不论，二、四、六不一定分明。”这是说，变通是有一定条件的。因为本书的主题不是讨论如何写格律诗，关于平仄变通的种种细则，这里就不一一介绍了，读者可以参考其他有关平仄变通规则的专业书籍。

律诗的各种句型均由五律的［a］［A］［b］［B］四种基本格式变化而来（七律只是在平前加仄仄，仄前加平平）。

（七律）　五律

［a］（㊣平）㊀仄平平仄

［A］（仄平）平仄仄平平

［b］（平仄）仄平平仄仄

［B］（仄仄）平平仄仄平

一型：首句 a 式［（㊣平）㊀仄平平仄］

（七律）　　五律

首联　［a］（㊣平）㊀仄平平仄

［B］（㊀仄）平平仄仄平

颔联　［b］（㊣仄）㊀平平仄仄

［A］（㊀平）㊣仄仄平平

颈联　［a］（㊣平）㊀仄平平仄

［B］（㊀仄）平平仄仄平

尾联　［b］（㊣仄）㊀平平仄仄

［A］（㊀平）㊣仄仄平平

二型：首句 b 式［（㊣仄）平起仄收］

（七律）　　五律

首联　［b］（㊣仄）㊀平平仄仄

［A］（㊀平）㊣仄仄平平

颔联　［a］（㊣平）㊀仄平平仄

［B］（㊀仄）平平仄仄平

颈联　［b］（㊣仄）㊀平平仄仄

［A］（㊀平）㊣仄仄平平

尾联　［a］（㊣平）㊀仄平平仄

［B］（㊀仄）平平仄仄平

三型：首句 A 式［（仄⃝平）仄起平收］

	（七律）	五律
首联	［A］（仄⃝平）	平⃝仄仄平平
	［B］（仄⃝仄）	平平仄仄平
颔联	［b］（平⃝仄）	仄⃝平平仄仄
	［A］（仄⃝平）	平⃝仄仄平平
颈联	［a］（平⃝平）	仄⃝仄平平仄
	［B］（仄⃝仄）	平平仄仄平
尾联	［b］（平⃝仄）	仄⃝平平仄仄
	［A］（仄⃝平）	平⃝仄仄平平

四型：首句 B 式［（仄⃝仄）平起平收］

	（七律）	五律
首联	［B］（仄⃝仄）	平平仄仄平
	［A］（仄⃝平）	平⃝仄仄平平
颔联	［a］（平⃝平）	仄⃝仄平平仄
	［B］（仄⃝仄）	平平仄仄平
颈联	［b］（平⃝仄）	仄⃝平平仄仄
	［A］（仄⃝平）	平⃝仄仄平平
尾联	［a］（平⃝平）	仄⃝仄平平仄
	［B］（仄⃝仄）	平平仄仄平

律诗音节有规则的平仄交错，构成了声调上的抑扬美。

三、境尚美

中国古典诗词蕴藏的意境美，通过诗句的平仄押韵、双声、叠韵等音韵现象，以及对仗、回文、反复、顶真、互文等修辞手法的运用，使读者获得生动形象的画面，感人至深的情愫，寓意深刻的哲理，美不胜收、回味无穷的精神享受。

《采薇》中的“昔我往矣，杨柳依依。今我来思，雨雪霏霏”，前两句作者以乐景写哀情，后两句以哀景写乐情，这既是写景记事，更是抒情伤怀，在“今”与“昔”、“来”与“往”、“雨雪霏霏”与“杨柳依依”的情景中变化，短短四句就把古代一位戍边战士对战争的厌恶和反感的思想表达得淋漓尽致。

杜甫《蜀相》中的“丞相祠堂何处寻，锦官城外柏森森。映阶碧草自春色，隔叶黄鹂空好音”通过凭吊丞相祠堂，写出了祠堂的荒凉，从景物描写中感怀现实，为后半部分的抒情做铺垫。后四句“三顾频烦天下计，两朝开济老臣心。出师未捷身先死，长使英雄泪满襟”咏叹丞相才德，因景生情，从历史追忆中缅怀先贤，蕴含着诗人对祖国命运的期盼与憧憬。该诗设问自答，以实写虚，情景交融，叙议结合，层次波澜，意蕴深厚，营造出深沉悲凉的意境，又有炼字酌句、音调和谐的语言魅力，使人一唱三叹，余味不绝。

又如“抽刀断水水更流，举杯消愁愁更愁”，出自李白的诗歌《宣州谢朓楼饯别校书叔云》。这是一首别离诗，叙述了诗人对古往的回忆。诗人一路磕磕绊绊，经历了太多的荣辱和悲欢，回想以前叱咤风云、咄嗟立办的情景，依旧难以忘却，不能自拔。“抽刀断水水更流，举杯消愁愁更愁”，语言豪放自然，音律和谐统一。诗中的“抽刀”对“举杯”，“断”对“消”，“水更流”对“愁更愁”，连环叠音，对仗工整，比喻形象，从侧面烘托出诗人面对理想与现实的矛盾而产生的激愤之情，诗中的意境美跃然纸上。

四、词欲丽

古典诗词是中华民族文化的精华，是诗人对字词的精心锤炼，意蕴深厚，语言凝练，用高度精练、最具意蕴的语言去表达丰富和复杂的情感，可一字传情，可以动衬静，可化静为动，可以实显虚，可以乐衬哀，可一语显旨，使诗词达到简洁精练、活灵活现的表现效果，滋养一代又一代中国人的精神世界。

从意境传达的角度看，古诗词用字工巧，将诗人想营造的意境展现得淋漓尽致，使得诗歌“含意无穷”。如宋祁的《玉楼春·春景》中“绿杨烟外晓寒轻，红杏枝头春意闹”，词人用一个“闹”来拟人，既写出了景物的动态美，又唤起了人们的联想，动静交织，视听交融，将灿烂的大好春光描绘得活灵活现，呼之欲出，画面感十足，诗意盎然，使人感受到春天的美好，景中有情，字中含情，写出了一种美的境界。又如，王安石《泊船瓜洲》中“春风又绿江南岸”，一个“绿”字堪称用字工巧的典范。据传王安石曾先后换过十余字，从“到”“过”“入”“满”，到最后确定“绿”字。全诗一个“绿”字点亮，写出了春风的气势、力量、作用和精神，境界开阔，色彩鲜明，呈现出一片春意盎然、春风流动、生机勃勃的景象。

从艺术风格的角度看，古诗词用字平淡自然，语言典雅。如陶渊明的《饮酒》（其五）诗“采菊东篱下，悠然见南山”，诗中一个最平常的“见”字，却也在平淡中出意境，可看出诗人不是刻意而看，只是在悠闲自在之时突见南山，突显出一种无意识的偶遇，仿佛人与大自然融合为一个整体，展示出天人合一的忘我境界，一种难以言传的神韵油然而生。

从谋篇布局的角度看，古诗词有“眼力”“词眼”，有“点睛”之笔。古代文人特别重视字、词、句的锤炼，晚唐词人李煜的《虞美人》，一个“愁”字，精确地概括了词人的真实情感。“春花秋月何时了？往事知多少”，愁往事之叹；“小楼昨夜又东风，故国不堪回首月明中。雕栏玉砌应犹在，只是朱颜改”，愁亡国之痛、故国之思。“愁”字是本词的“词眼”。一个“愁”字，道尽了词人血泪。这个“愁”，总领全词，愁得美，愁得有情怀。

古典诗词是一座丰富的文化宝库，它以其精练含蓄的语言、深刻隽永的内涵、高超多样的手法，经过千锤百炼后处处都闪耀着璀璨的光辉。

第二章 英语格律诗简述

第一节 古典英语诗简介

英诗是最古老的文学体裁，源远流长，英语诗歌的代表作是《贝奥武甫》（*Beowulf*），被誉为“欧洲文学的瑰宝，英语文学的始祖”①。它是根据公元5世纪末至6世纪前半期流传在北欧的民间传说改编而成，唯一手抄本是用公元10世纪古英语撒克逊方言书写的。全诗3000余行，故事描述了贝奥武甫前后50年中曾两次与怪兽格伦德尔及火龙英勇搏斗，最后壮烈献身的英雄事迹。《贝奥武甫》是头韵体叙事长诗，语言形象生动。

14世纪有杰弗雷·乔叟（Geoffrey Chaucer，约1343—1400）代表作《坎特伯雷故事集》问世。乔叟是英国中世纪的伟大诗人，开创了英国现实主义文学之先河，享有“英国诗歌之父”的盛誉。《坎特伯雷故事集》以香客在前往坎特伯雷朝圣途中讲故事的形式，将骑士传奇、寓言、劝善书、圣徒传、滑稽诗等文学体裁汇于一集，成为英国中古文学之荟萃。诗人刻画了骑士、修女、僧侣、商人、学生、旅店老板等30余人的形象，展现了充满中古时代气息的英国社会图景，加深了整个作品的现实主义深度。全诗绝大部分用双韵体写成，语言精练，技巧纯熟，风格独特。

---

① 徐博：《以〈贝奥武夫〉论神话史诗影像化表达》，《电影文学》2016年第10期。

第二节 英语格律诗的形成

英语格律诗以十四行诗为代表。14 世纪意大利的彼得拉克（Francesco Petrarca，1304—1374）擅长写十四行诗。最早把意大利十四行诗引进到英国的是诗人托马斯·华埃特（Thomas Wyatt，1503—1542）和萨利伯爵亨利·霍华德（Henry Howard，1517—1547）。16 世纪初，他们翻译了大量意大利十四行诗，并沿袭意大利十四行诗的特点，写了一些风行一时的十四行诗。这对英国十四行诗的萌芽和发展作出了突出贡献。到 16 世纪末，十四行诗已成为英国最流行的诗歌体裁，以威廉·莎士比亚（William Shakespeare）、埃德蒙·斯宾塞（Edmund Spenser）、约翰·多恩（John Donne）、约翰·弥尔顿（John Milton）等为代表的众多诗人几乎将十四行诗体完全英国化了。

威廉·莎士比亚（1564—1616）一生共写下 154 首十四行诗，都是文艺复兴时期的文学珍品。这些诗以其情感温婉曲折、风格典雅华丽、语言精练而富于表现力，在英国文学史上占据了辉煌的一页，配得上“空前绝后”的美称。莎士比亚十四行诗不但继承了文艺复兴时期流行的主题，而且结束了英国诗人对意大利十四行诗的照抄和模仿，莎士比亚所创作的作品高出当时一般水平。

埃德蒙·斯宾塞（约 1552—1599）的十四行诗基本上延续了莎士比亚十四行诗的风格，但比莎士比亚体更严格，添入一些当时的新思想是斯宾塞的诗明显的特点，比如“心灵美更胜于外表美，美丽由于诗人的歌颂而得到不朽，人生就像舞台”，以及“通过对话的运用将民谣体渗入十四行诗中”等[①]，对后世的弥尔顿、马洛、雪莱、济慈等诗人都有很大的影响。

---

① 张素月：《永恒的爱情 久远的魅力：斯宾塞爱情组诗〈爱情小唱〉第 30 首赏析》，《和田师范专科学校学报》2008 年第 4 期。

约翰·多恩（1572—1631）的诗歌，尤其是后期的作品充满了宗教思想以及对人类与上帝之间关系的探秘，他是玄学派诗歌的开创者和代表人。多恩广泛阅读神学、医学、法律和古典著作，因此在写作中显示了其不凡的学识、机智和幽默，也成为英国诗史上的大家。《神圣十四行诗》是他宗教诗歌的典范，以智慧和热情著称，遍布各种诗体，但总体倾向于双韵体，在莎体统治英国十四行诗的时代，他逆水探求意大利十四行诗的原型，为后人开辟了一条新路，是诗歌的一次大变革。

约翰·弥尔顿（1608—1674）给十四行诗增添了新的内容，拓展了主题范围，注入了雄健之气。他的诗或酬答朋友，或针砭时弊、关心政治，展现了“一个革命者的胸怀”。如 1655 年，在法国和意大利边界发生了“皮德蒙特大屠杀”，闻信后，他无比愤慨，为此写了《哀皮德蒙特大屠杀》。弥尔顿一生共写了 23 首英语十四行诗，大多遵循意大利十四行诗的韵式，采用跨行的技法使诗歌气势磅礴，激情澎湃，一脉畅通，毫不停顿。弥尔顿的三部巨作《失乐园》《复乐园》和《力士参孙》更是打磨成了英国文学史上一颗璀璨夺目的明珠。

到 19 世纪，英语格律诗随着自由诗的兴盛而衰落。

第三节　英语格律诗的特征

在了解英诗格律之前，先要了解几个与格律有关的术语。

英语律诗诗句是按重音（stress）和音节（syllable）来决定格律（metre）的。度量格律的单位称为音步（foot）。每个音步由一个重读音节（stressed syllable）配以一个或两个非重读音节（unstressed syllable）构成。重读音节念得重些、长些、慢些，非重读音节念得轻些、短些、快些。每个音步有一个节拍（beat）。音步构成诗行（line）。诗行构成诗节（stanza）。诗行中一连串有规律交替出现的音的强弱和长短叫节奏（rhythm）。

为了叙述的方便，重读音节用“0”表示，非重读音节用“o”表示，音步（每个重读音节和非重读音节的组合）之间用“｜”隔开。下面分别加以说明。

一、音步

度量格律的单位称为音步。从词典里随便选一个较长的单词，比如 incomprehensibility，该词有八个音节，其重读音节是 bil，次重读音节是 com。那么，其余六个音节怎么样呢？如果连续不断地读这个词，你会听到这种情形：in COM pre HEN si BIL i TY，第 2、4、6、8 音节比第 1、3、5、7 音节读得重些。我们可以用如下方法再现这种情形。

o 0 o 0 o 0 o 0
di DUM ｜ di DUM ｜ di DUM ｜ di DUM①

现在，我们就以这种一轻一重的方法来试读下面四行诗：

o 0 o 0 o 0 o 0
I dug, ｜ be- neath ｜ the cy- ｜ press shade,
What well ｜ might seem ｜ an elf- ｜ in's grave;
And eve- ｜ ry pledge ｜ in earth ｜ I laid,
That erst ｜ thy false ｜ af- fec- ｜ tion gave.
…

—Peacock

我在那柏影之下掘挖，

① di DUM：轻短——重长格。

洞穴就像幽灵的坟茔；

我把每个誓言埋在地下，

那是你给我的虚假柔情。

……

——皮科克

上面这四句诗中有四个重音、四个轻音（即四个非重读音节）、四个音步、四个节拍。每个音步中的重读音节念得重些、长些、慢些，非重读音节念得轻些、短些、快些。这种可以读成 di DUM 的音步，叫作抑扬格。整个诗句用四个节拍念完，四个音步一连串的重长慢、轻短快便构成这些诗句的明显节奏，这就叫四步抑扬格。

英诗中最常见的音步类型有如下四种。

1. **抑扬格**

抑扬格（iambus）即“di DUM（轻短—重长格）”，由一个非重读音节后接一个重读音节组成。例如：

o 0 o 0 o 0 o 0

The seed ye | sow, | ano- | ther reaps;

The wealth ye | find, | ano- | ther keeps;

…

—Shelley

你们播下了种子，别人来收割，

你们找到了财富，归别人占有；

……

——雪莱

2. **扬抑格**

扬抑格（trochee）即“DUM di（重长—轻短格）”，由一个重读音节后接一个非重读音节组成。例如：

0 o | 0 o | 0 o | 0

Men of | Eng- land, | where-fore | plough

For the | lords who | lay ye | low?

…

—Shelley

英国人民呵，何必为地主而耕？

他们一直把你们当作贱民！

……

——雪莱

3. 抑抑扬格

抑抑扬格（anapaest）即“di di DUM（轻短—轻短—重长格），由两个非重读音节后接一个重读音节组成。例如：

o o 0 | o o 0 | o o 0

When the web | that we weave | is complete,

And the shut- | tle ex- change | for the sword,

…

—Byron

等我们把自己的布织完，

等我们把织梭换成利剑，

……

——拜伦

4. 扬抑抑格

扬抑抑格（dactyl）即“DUM di di（重长—轻短—轻短）格”，由一个重读音节后接两个非重读音节组成。例如：

0 o o 0 o o 0 o o 0
Mer-ri-ly, | mer-ri- ly | shall I live | now
Un- der the| blos-som that | hangs on the | bough.

—Shakespeare

兴冲冲我将把生命安度，
在挂满枝头的花下漫步。

——莎士比亚

二、诗行

音步构成诗行，也决定诗行的类型。诗行中的音节形式（或称格律），是通过诗行中的音步数表现出来的。英语诗行的类型有如下几种。

Monometre	一音步诗行
Dimetre	二音步诗行
Trimetre	三音步诗行
Tetrametre	四音步诗行
Pentametre	五音步诗行
Hexametre	六音步诗行
Heptametre	七音步诗行
Octametre	八音步诗行

不同的格律形式可以产生不同的诗意效果，如三音步诗行节奏短促，给人以明快的感觉；而音节多、诗行长的五音步抑扬格用的是“弱强”相间的十音节诗行，这与英语语言的自然节奏相仿，可以体现英语语言的特性。

英诗音步有四种类型，即抑扬格、扬抑格、抑抑扬格和扬抑抑格。由于特点不同，每一种格律有它自己的若干诗行类型。诗行的格律类型有如下几种。

1. 抑扬格

（1）一音步抑扬格（iambic monometre），每一行由一个音步、两个音节组成。例如：

o　0
Thus　I
Pass　by.
And　die
As　one
Un-known
And gone

—Herrick

我就这样
走过去；
死了，
像一个
不认识的人
走了。

——赫里克

(2) 二音步抑扬格 (iambic dimetre)，每一行由两个音步、四个音节组成。例如：

o　0　o　0
With rav- | ish'd ears
The mon- | arch hears,
As-sumes | the god,
Af-fects | to nod
…

—Dryden

国王不禁

欢喜倾听，

假以神祇的威仪，

佯装点头致意，

……

——德莱顿

(3) 三音步抑扬格 (iambic trimetre)，每一行由三个音步、六个音节组成。例如：

o 0 o 0 o 0

What, were | ye born | to be

An hour | or half's | de- light,

And so | to bid | good-night?

…

—Herrick

什么！难道你们生来只为

一时或半时的欢乐，

随后便把晚安说？

……

——赫里克

(4) 四音步抑扬格 (iambic tetrametre)，每一行由四个音步、八个音节组成。例如：

o 0 o 0 o 0 o 0

The way | was long, | the night | was cold,

The min- | strel was | in- firm | and old;

The harp, | his sole | re- main- | ing joy,

Was car- | ried by | an or- | phant boy.

—Scott

道路悠长，寒夜深沉，
歌人相遇，疲弱不胜；
所伴惟琴，慰其幽衷，
抱之者谁，乃一孤童。

——司各特

(5) 五音步抑扬格 (iambic pentametre)，每一行由五个音步、十个音节组成。例如：

o 0 | o 0 | o 0 | o 0 | o 0
There was | a time, | when Aet- | na's si- | lent fire
Slept un- | perceived, | the moun- | tain yet | en- tire;
When con- | scious of | no dan- | ger from | be- low
She topped | a cloud- | capped pyr- | a- mid | of snow.

—Cowper

往日哀脱那的沉寂的火
潜伏未发，一座山尚完固；
她不知道下面压着危险，
顶上冠以雪塔盖着云片。

——柯珀

(6) 六音步抑扬格 (iambic hexametre)，每一行由六个音步、十二个音节组成。例如：

o 0 | o 0 | o 0 | o 0 | o 0 | o 0
All night | upon | mine heart | I felt | her warm | heart beat,
Night-long | within | mine arms | in love | and sleep | she lay;
...

—Dowson

整夜，在我心口上感受她心跳的暖意，

整夜，在我臂弯中她在爱情里安睡；

……

——道森

(7) 七音步抑扬格 (iambic heptamitre)，每一行由七个音步、十四个音节组成。例如：

o 0 | o 0 | o 0 | o 0 | o 0 | o 0 | o 0

At tend | all ye | who wish | to hear | our no- | ble Eng- | land's praise,

I sing | of the | thrice fa- | mous deeds | she wrought | in an- | cient days,

…

—Macaulay

愿意倾听英国光荣的请保持静寂，

我如今歌唱着古时候的那著名事迹，

……

——麦考莱

2. **扬抑格**

(1) 一音步扬抑格 (trochoic monometre)，每一行由一个音步、两个音节组成。例如：

0 o 0

Dreadful | gleams,

Dismal | screams.

—Pope

幽光暗，

嘶声惨。

——蒲柏

(2) 二音步扬抑格 (trochoic dimetre)，每一行由两个音步、四个音节组成。例如：

0 o 0 o

Rich the | treasure,

Sweet the | pleasure.

—Dryden

富哉珠玉,

美哉快乐。

——德莱顿

(3) 三音步扬抑格 (trochoic trimetre),每一行由三个音步、六个音节组成。例如:

0 o 0 o 0 o

Now they | stood con- | founded,

While the | bat- tle | sounded.

—Milton

他们惘然立定,

战斗正在进行。

——弥尔顿

这种扬抑格往往在第三个音步后加带一个押韵的音节,例如:

0 o 0 o 0 o 0

When the | British | warrior- | queen

Bleed- ing | from the | Roman | rods

Sought with | an in- | dig-nant | mien

Coun- sel | of her | country | gods.

—Cowper

不列颠好战女王,

在罗马鞭下流血,

她脸上堆满愤怒,

请神明为她取决。

——柯珀

(4) 四音步扬抑格 (trochoic tetrametre)，每一行由四个音步、八个音节组成。例如：

0 o 0 o 0 o 0 o

Tell me | not in | mournful | numbers,
Life is | but an | emp- ty | dream;
For the | soul is | dead that | slumbers,
And things | are not | what they | seem.

—Longfellow

不要用悲哀的诗句，
告诉我人生如梦；
灵魂一入归便死去，
切莫被外表欺哄。

——朗费罗

(5) 五音步扬抑格 (trochoic pentametre)，每一行由五个音步、十个音节组成。例如：

0 o 0 o 0 o 0 o 0 o

All that | walk on | foot or | ride in | chariots,
All that | dwell in | pal-a- | ces or | garrets.

—*Understanding Poetry*, 2016

一切步行的或坐马车的，
一切住宫殿或住阁楼的。

——《理解诗歌》，2016

(6) 六音步扬抑格 (trochoic hexametre)，每一行由六个音步、十二个音节组成。例如：

0 o 0 o 0 o 0 o 0 o 0 o
On a | mountain | stretched be- | neath a | hoary | willow
Lay a | shepherd | swain and | viewed the | rolling | bellow.

—*The English Reader*, 1821

山上古柳树下躲着个牧羊人，
伸直了肢体眺望着波涌涛奔。

——《英语读者》，1821

3. **抑抑扬格**

(1) 一音步抑抑扬格 (anapaestic monometre)，每一行由一个音步、三个音节组成。例如：

o o 0
'Tis in vain
They com-plain.

—Collins

出怒言，
终徒然。

——柯林斯

(2) 二音步抑抑扬格 (anapaestic dimetre)，每一行由两个音步、六个音节组成。例如：

o o 0 o o 0
and the sheen | of their spears,
was like stars | on the sea.

—Byron

他们的长矛闪闪发光，
就像海上的星星一样。

——拜伦

(3) 三音步抑抑扬格 (anapaestic trimetre)，每一行由三个音步、九个音节组成。例如：

o o 0 o o 0 o o 0
I am mon- | arch of all | I sur- vey,
My right | there is none | to dispute;
From the cen- | tre all round | to the sea
I am lord | of the bird | and the brute.

—Cowper

我是所见一切的君王，
没人争执我的权力，
周遭四围环拥着海洋，
禽和兽都听我的呼叱。

——柯珀

此种格律中第二行的第一个音步以抑扬格 My right 代替抑抑扬格律，这在抑抑扬格律中是很普遍的。

(4) 四音步抑抑扬格 (anapaestic tetrametre)，每一行由四个音步、十二个音节组成。例如：

o o 0 o o 0 o o 0 o o 0
The As-syr- | ian came down | like a wolf | on the fold
And his co- | horts were gleam- | ing in pur- | ple and gold
And the sheen | of their spears | was like stars | on the sea,
When the blue | wave rolls night- | ly on deep | Ga- li- bee.

—Byron

亚述人下来像豺狼搏击群羊，
他的军队闪耀着金紫的光芒；
戈矛的辉煌像大海上的明星，

当碧波夜卷在加勒比海之滨。

——拜伦

4. **扬抑抑格**

扬抑抑格律（dactylic metre）与抑抑扬格律相反，用得不是很普遍。例如：

0　o　o　　0　o　o

Un- der　the | greenwood tree

Who loves to | lie　with　me,

And turn his | mer-　ry　note

Un- to　the | sweet birds throat,

…

—Shakespeare

有绿树浓阴高头罩，

谁爱来同我横卧倒，

唱他欢乐的好调门，

协同鸟儿的俏歌声，

……

——莎士比亚

一般情况下，每行诗的音步数目是一致的，但是，根据特定的模式或表达需要，诗人有时也会改变诗行的长度，使每个诗行的音步不一致。

三、押韵

英诗押韵（rhyme）可分为头韵（alliteration）、腰韵（internal rhyme）和尾韵（end rhyme）三大类，主要是押尾韵。

1. **头韵**

头韵指诗句中相邻的词的起首字母（元音或辅音）发音相同，如 The

fair breeze blew, the white foam flew；又如 with bloody blameful blade。头韵的特点和效果在于悦耳动听，节奏感和音乐感强；简洁生动，或者幽默嘲讽，或者宣泄情感。因此，头韵能激起读者的好奇心，令人诵读之后感到余味无穷，难以忘怀，例如：

And 'mid these dancing rocks at once and ever
It flung up momently the sacred river.
Five *miles meandering* with a *mazy motion*
Through wood and dale the sacred river ran,
Then reached the caverns *measureless* to *man*,
And sank in tumult to a lifeless ocean.

—Coleridge

从这些舞蹈的岩石中，时时刻刻
迸发出那条神圣的溪河。
迷乱地移动着，蜿蜒了五英里地方，
那神圣的溪河流过了峡谷和森林，
于是到达了深不可测的洞门，
在喧嚣中沉入了没有生命的海洋。

——柯勒律治

在“Five miles meandering with a mazy motion”一行中，四个词连续押头韵，而“m”音的反复出现，则凸显了淙淙河水缓慢流淌的意象。

2. **腰韵**

腰韵，又叫诗行内韵，指在一行诗的中间停顿休止音节与本行最后音节押韵，以极大程度增强诗行的音韵感。例如：

If *recollecting* were *forgetting*,
Then I remember not.
And if *forgetting*, *recollecting*,

How near I had forgot.

—Dickinson

假设回忆就是忘记，
那么我愿不再清晰；
假设忘记就是回忆，
我和遗忘没有距离。

——狄更生

3. 尾韵

大多数英诗采取押尾韵的形式，即句尾一词的重读音节元音应相同，而前面的辅音却不同，如 oar—more，why—sigh；后面若有辅音，也应相同，如 hate—late，fable—table。以上这些可称为完全押韵或押单韵（perfect rhyme 或 single rhyme），即押韵的元音必须相同，后面的辅音也必须一样。这种最后音节为重读音节的韵脚显得刚健、有力，故称阳性韵（masculine rhyme 或 male rhyme）。例如：

Maid of Athens，ere we part，
Give，oh，give me back my heart!
Or，since that has left my breast，
Keep it now，and take the rest!
Hear my vow before I go，
Zoe uml；mou sas agapo.

—Byron

雅典的少女啊，在我们分别前，
把我的心，把我的心交还！
或者，既然它已经和我脱离，
留着它吧，把其余的也拿去！
请听一句我临别前的誓语：

你是我的生命，我爱你。

——拜伦

如果在诗行的结尾押双韵或长短二音韵，重音多落在前一个音节上，如 motion—ocean；waken—forsaken；ending—bending；expression—confession。这种韵脚显得轻快、优美，故称为阴性韵（feminine rhyme 或 female rhyme）。例如：

A woman's face with Nature's own hand painted
Hast thou, the master-mistress of my passion;
A woman's gentle heart, but not acquainted
With shifting change, as is false women's fashion.

—Shakespeare

你有副女人的脸，由造化亲手
塑就，你，我热爱的情妇兼情郎；
有颗女人的温婉的心，但没有
反复和变幻，像女人的假心肠。

——莎士比亚

诗句中的 painted、passion、acquainted、fashion，都是重读音节押韵，后带一个轻音结尾。这种"重读+轻音"结尾的词让人感觉绵长舒缓，不像单音节词那么干脆，故有一种阴柔美的感觉。

上面讲的尾韵都叫完全押韵。尾韵还包括一些不完全押韵（imperfect rhyme）的情况，例如：

（1）谐韵（assonance）。谐韵指元音押韵，辅音不押韵，如 late—fake，boat—hope，time—light，等等。

（2）辅音韵（consonance）。辅音韵又叫和声，指的是两个或两个以上词的词尾辅音完全一致，如 dash—fish，add—odd，born—burn，等等。

（3）眼韵（eye rhyme）。眼韵又叫视韵，指看上去像，实际读音并不同，如 love—prove， word—lord， laughter—slaughter， though—through—thought，等等。

英诗每句不一定只占一行。有时为了押韵，诗句未完而另起一行，这叫跨行（enjambement），每行也不一定只有一句。每一诗节有一定的行数，而行数与押韵也有一定的格式。

下面就诗体和押韵的主要形式——尾韵作如下简介（相同的尾韵用相同的字母表示，如 aabb 等）。

（1）两行体。每一诗节为两行者，称为双行诗体（两行必须同押一韵）。例如：

Of the wide world I stand alone, and *think*　　a
Till love and fame to nothingness to *sink*.　　a

—Keats

我独站在那儿默想沉思，
直到爱情与名声都消失。

——济慈

（2）三行体。每诗节为三行者，称为三行诗体。例如：

Shall we go dance the hay, the *hay*?　　a
Never pipe could ever *play*　　a
Better shepherd's *roundelay*.　　a

—Breton

我们大家来跳舞，一曲又一曲，
管笛难以赛过
牧羊少年的美妙小曲。

——布雷顿

（3）四行体。每诗节为四行者，称为四行诗体。例如：

I breathed a song into the *air*,　　a

It fell to earth I knew not *where*;　　a
For who has sight so keen and *strong*,　　b
That it can follow the flight of *song*?　　b

—Longfellow

我歌划太空，
声落不知处；
谁具如电眸，
能与声追逐？

——朗费罗

Lay the proud usurpers *low*!　　a
Tyrant fall in every *foe*!　　a
Liberty's in every *blow*!　　a
Let us do, or *die*!　　b

—Burns

打倒骄横的窃国大盗！
一个敌人死，十个暴君倒！
每一次攻击都带来自由！
我们干吧，或者死掉！

——彭斯

(4) 五行体。每诗节为五行者，称为五行诗体。例如：

The tide rises, the tide *falls*,　　a
The twilight darkens, the curlew *calls*;　　a
Along the sea-sands damp and *brown*　　b
The traveller hastens toward the *town*,　　b
And the tide rises, the tide *falls*.　　a

—Longfellow

潮涨，潮落，
暮色渐浓，杓鹬啁啾叫；
沿潮湿阴暗的沙滩
旅行者进城把路赶，
潮涨，潮落。

——朗费罗

(5) 六行体。每诗节为六行者，称为六行诗体。例如：

Under a spreading chestnut *tree* a
The village smithy *stands*; b
The smith, a mighty man is *he*, a
With large and sinewy *hands*: b
And the muscles of his brawny *arms* c
Are strong as iron *bands*. b

—Longfellow

一棵栗子树延伸宽广，
乡下铁匠铺靠在树旁；
铁匠是个有力气的汉子，
一双大手又粗又强壮；
胳臂上鼓鼓囊囊的肌肉
结实得就像铁打的一样。

——朗费罗

(6) 七行体。每诗节为七行者，称为七行诗体。例如：

My face in thine eye, thine in mine *appears*, a
And true plain hearts do in the faces *rest*; b
Where can we find two better *hemispheres* a
Without sharp north, without declining *west*? b

Whatever dies, was not mixed *equally*; c
If our two loves be one, or, thou and *I* d
Love so alike that none do slacken, none can *die*. d

—Donne

我的脸在你的眼中，你的脸在我眼中出现，
真诚坦白的心是会留驻在脸上的；
还有什么地方能找到更好的两个半球，
既无严峻的北方，也没有坠落的西方？
一切能死亡的，都是因为配合不均匀，
我们两个的爱若是一个，你我若爱得一样，
谁也不会松懈，那么谁也就不会死亡。

——多恩

(7) 八行体。每诗节为八行者，称为八行诗体。例如：

Shall I, wasting in *despair*, a
Die because a woman's *fair*? a
Or make pale my cheeks with *care* a
'Cause another's rosy *are*? b
Be she fairer than the *day* c
Or the flowery meads in *May*— c
If she think not well of *me*, d
What care I how fair she *be*? d

—Wither

为了一个美丽的妇人，
我就消瘦憔悴丧生？
或者焦心使自己面颊苍白，
因为她的面颊是玫瑰色？

即使她比白日更为美丽，
或美过五月开花的草地，
假如她对我并不怀好感，
我何必关怀她美貌娇颜？

——威瑟

(8) 九行体。每诗节为九行者，称为九行诗体。例如：

Go and catch a falling *star*, a
Get with child a mandrake *root*, b
Tell me where all past years *are*, a
Or who cleft the devil's *foot*, b
Teach me to hear mermaids, *singing*, c
Or to keep off envy's *stinging*, c
And *find* d
What *wind* d
Serves to advance an honest *mind*. d

—Donne

去吧，跑去抓一颗流星，
去听何首乌肚子里也有喜，
告诉我哪儿追流年的踪影，
是谁开豁了魔鬼的双蹄，
教我听得见美人鱼唱歌，
压得住醋海，不叫它兴波，
寻寻看
哪一番
好风会顺水把真心推向前。

——多恩

(9) 十行体。每诗节为十行者，称为十行诗体。例如：

Sweet stream, that winds through yonder *glade*, a
Apt emblem of a virtuous *maid*— a
Silent and chaste she steals *along*, b
Far from the world's gay busy *throng*; b
With gentle yet prevailing *force*, c
Intent upon her destined *course*; c
Graceful and useful all she *does*, d
Blessing and blest where'er she *goes*; d
Pure-bosom'd as that watery *glass*, e
And Heaven reflected in her *face*. e

—Cowper

她如蜿流潺潺溪，
流过林间空旷地。
悄然漂流无声息，
繁忙人群她远离；
矜持一种温和力，
命运航线专注一；
一切她做优雅实，
祝福陪伴到那里；
心灵纯洁水玻璃，
福映她脸上天赐。

——柯珀

(10) 十四行体。每诗节为十四行者，称为十四行诗体。例如：

Shall I compare thee to a summer's *day*? a
Thou art more lovely and more *temperate*: b

Rough winds do shake the darling buds of *May*，　a
And Summer's lease hath all too short a *date*：　b
Sometime too hot the eye of heaven *shines*，　c
And often is his gold complexion *dimm'd*；　d
And every fair from fair somtime *declines*，　c
By chance，or nature's changing course，*untrimm'd*；　d
But thy eternal summer shall not *fade*，　e
Nor lose possession of that fair thou *ow'st*；　f
Nor shall Death brag thou wander'st in his *shade*，　e
When in eternal lines to time thou *grow'st*：　f
So long as men can breathe，or eyes can *see*，　g
So long lives this，and this gives life to *thee*.　g

—Shakespeare

我怎样能把你比作夏天？
你比它更可爱也更温和；
五月的娇蕾有暴风震颠，
夏季的寿命很短就度过。
有时候当空照耀着烈日，
又往往它的光彩转阴淡；
每件美艳终把美艳消失，
遭受运数和时序的摧残。
你永恒的夏季却不凋零，
而且长把你的美艳保存；
死神难夸你踏他的幽影，
只因永恒的诗和你同春。
天地间能有人鉴赏文采，

这诗就流传就教你永在。

——莎士比亚

以上就是英诗常见的韵体形式。需要说明的是，上面所列举的各诗体类型的尾韵格式不一定是唯一的。以十四行体为例，除了这里已列举的之外，还有 aaaa、bcbc、adad、ee、abba、abba、cde、cde、aba、bcb、cdc、ded、ff 等，这需要我们在阅读中多加观察。

当然，并不是所有的英诗都押韵。英诗中就有一种不押韵的抑扬五音步形式，即无韵体诗（blank verse），也称素体诗或白体诗。无韵体虽然无须押韵，但是更要求诗人以各种熟练的手法来增强诗的音乐感。这种诗体多用于长的诗剧、哲理诗和叙事诗。在诗剧中，用这种格律形式可以更好地表达各种人物的性格。莎士比亚在戏剧创作中多采用这种形式，弥尔顿在史诗创作中也基本上运用这种形式。在他们的创作中，这种格律逐渐完善，渐渐地也用于田园诗及抒情诗。

四、格律的变化

英诗的艺术魅力不完全依赖于以上所谈的韵律形式。如果每个诗人都毫无例外地严格遵循这些规则，人们可能会觉得英诗的结构形式过于单一、枯燥，因此诗人定会避免使用一成不变的形式。不同时期的诗人在其创作过程中，不愿拘泥于传统，而采用不同的表现形式，这样一来，英诗的形式也就因诗人们的不同而有所不同，于是这种不同造就了丰富多彩、各具特色的英诗表达形式。

在英诗格律的变异和非规则化影响中，最为重要的当属重音（stress）或叫扬音（ictus）的变异，也叫重读音量的变异。例如：

1	2	3	4	5
o　0	o　0	o　0	o　0	o　0
A-　mid	the cir-	cle,　on	the gild-	ed　mast,…

在上句诗行中，重音 2、4、5 是最强的，重音 1 比较弱，而重音 3 是最弱的。读这样的诗行时，倘若读每个重读音节都使用同样的音量，则会产生枯燥、单调的效果，不自然地强调次要的 amid 和 on。许多诗人使自然重音和基本诗体形式相互作用、交相辉映，以达到增加音乐效果的目的。

重音的另一个变异则是在诗行中引入一个多出的音节或音步。这个音节或音步不同于其他正常音节或音步，从而造成重音的变化。在下面的例子中，正常的形式是抑扬五步格，而第三音步引进了一个非重读音节，从而变成了抑抑扬格，在诗行的结尾又增加了一个不同于正常形式的非重读音节：

o 0 o 0 o o 0 o 0 o 0 o

And so | fare well | to the lit- | tle good | you bear me.

如果诗行以一个非重读音节结尾，这就叫弱音节诗行或阴性韵；反之，以重读音节结尾的诗行就称为强音节诗行或阳性韵。下面的例子也是抑扬格五音步诗行，第一和第二音步的重音格式被颠倒过来，产生了两个扬抑格：

0 o 0 o o 0 o 0 o 0

Love, that | liveth | and reign- | eth in | my thought.

两个重读音节或非重读音节在一起，同样也可以用来取代传统的抑扬格或扬抑格。一个音步有两个重读音节称为扬扬格（Spondee），下例中的前三个音步就是这种扬扬格，而传统定式却是抑扬五步格：

0 0 0 0 0 0 o 0 o 0

Rocks, Caves, | Lakes, Fens, | Bogs, Dens, | and shades | of death.

一个音步含有两个非重读音节则称为抑抑格（Pyrrhic），如下例中的第四音步：

o 0 o 0 o 0 o o o 0

For they | ap-peal | from ty- | ranny | to God.

英诗中最为离经叛道的格律形式当属自由体（free verse），根据表达的需要，各诗行可以音节数目不等，长短不齐，节拍的快慢不相等，尾韵也可以有不同的形式。自由体在当代英语诗坛中非常流行。

总而言之，英诗格律是我们阅读、理解和欣赏英诗的极为重要的一环，也是我们进行诗歌翻译所要遵循的原则之一。只有仔细研究英诗的格律，才能更好地品味英诗的意象美和音乐美，从而不断提高自己的英诗鉴赏能力和翻译水平。

第三章

汉英诗律比较

第一节　节奏比较

节奏是诗歌首要的和基本的因素。汉语律诗每两个字一顿，平仄递用，构成节奏，这与英语律诗的音步相当。汉诗讲“平仄”，英诗讲“抑扬”，表现形式虽然有别，但都是为了构成抑扬顿挫、回环起伏的节奏，其基本原则一样。

一、相似点

1. 顿与音步

汉语古代诗歌，是通过调配声调来安排节奏的。如把不同声调的字，交错地配置在诗句中，就能形成高低、长短、强弱的节奏。这样，读起来铿锵和谐，使语言更富有表现力。特别是格律诗（包括绝句和词），平仄要求十分严格。节奏一般是两言一顿，四言两顿，如《诗经·魏风·硕鼠》：

硕鼠｜硕鼠，

无食｜我黍！

三岁｜贯女，

莫我｜肯顾。

1）五言诗则有更多的“顿”法，以构成鲜明的节奏，分述如下

(1)“上一下四”，如孟郊《怀南岳隐士》：

饭｜不煮石吃，

眉｜应似发长。

(2)“上二下三”，如杜甫《春望》：

国破｜山河在，

城春｜草木深。

感时｜花溅泪，

恨别｜鸟惊心。

烽火｜连三月，

家书｜抵万金。

白发｜搔更短，

浑欲｜不胜簪。

(3)“上三下二”，如元稹《酬乐天见忆，兼伤仲远》：

庾公楼｜怅望，

巴子国｜生涯。

(4)“上二下二中一”，如王维《山居即事》：

寂寞｜掩｜柴扉，

苍茫｜对｜落晖。

(5)“上四下一”，如王维《山居即事》：

鹤巢松树｜遍，

人访荜门｜稀。

2）七言诗也有多种“顿”法，分述如下。

(1)“上二下五”，如杜甫《秋尽》：

雪岭｜独看西日落，

剑门｜犹阻北人来。

(2)“上三下四”，如白居易《答客问杭州》：

大屋檐｜多装雁齿，

小航船｜亦画龙头。

(3)“上四下三”，如白居易《钱塘湖春行》：

孤山寺北｜贾亭西，

水面初平｜云脚低。

几处早莺｜争暖树，

谁家新燕｜啄春泥。

乱花渐欲｜迷人眼，

浅草才能｜没马蹄。

最爱湖东｜行不足，

绿杨阴里｜白沙堤。

(4)“上五下二”，如杜甫《阁夜》：

五更鼓角声｜悲壮，

三峡星河影｜动摇。

(5)“上六下一”，如陆游《明日复理梦中意作》：

客从谢事归时｜散，

诗到无人爱处｜工。

以上谈的是五言和七言诗的各种节奏，皆在于在结构上形成或舒缓、或紧凑的飘逸之美或顿挫之美，给人一种张弛有序、高下抗坠的音节上的享受。

在诗歌实际创作中，以上各种节奏往往会交错出现，如岑参《闻崔十二侍御灌口夜宿报恩寺》：

闻君寻｜野寺，

便宿｜支公房。

溪月冷｜深殿，

江云拥｜回廊。

然灯｜松林静，

煮茗｜柴门香。

胜事｜不可接，

相思｜幽兴长。

英语律诗的音步有抑扬格、扬抑格、抑抑扬格、扬抑抑格四种基本形式。

2. **平声韵脚与抑扬格**

汉诗喜欢用平声作韵脚，因为平声是长音，便于曼声歌唱。王力认为，汉语律体诗句的节奏，是以每两个音为一节，最后一个音独自成为一节。① 平声所占的时间大致比仄声长一倍，如下：

五言诗每句三节：

仄—仄— | 平——平—— | 仄—

平——平—— | 仄—仄— | 平——

平——平—— | 平——仄— | 仄—

仄—仄— | 仄—平—— | 平——

七言诗每句四节：

平——平—— | 仄—仄— | 平——平—— | 仄—

仄—仄— | 平——平—— | 仄—仄— | 平——

仄—仄— | 平——平—— | 平——仄— | 仄—

平——平—— | 仄—仄— | 仄—平—— | 平——

英诗与此相似，也是抑扬多于扬抑。有些英诗本是扬抑格，也喜欢用重音收尾，叫作不完全律（catalectic），大约也是使它较便于曼声歌唱的缘故。例如：

o　0 | o　0　| o　0 | o　0 | o 0

If　Win- | ter comes,　| can Spring | be　far | be-hind?

—Shelley

如果冬天来了，春天还会远吗？

——雪莱

这是抑扬格，为诗人常用。

① 王力：《汉语诗律学》，上海教育出版社，2005，第72页。

0　　o	0　　o	0　　o	0
Queen and	Huntress,	chaste and	fair,
0　o	0　　o	0　o	0
Now the	sun is	laid to	sleep,
0　o	0　o	0　o	0
Seated	in thy	silver	chair,
0　o	0　o	0　o	0
State in	wonted	manner	keep...

—Jonson

女王与女猎手，贞洁而美丽，现在太阳已经入睡，坐在你的银椅上，保持惯常状态……

——琼森

这是扬抑格，较抑扬格少用，但诗人多以重音收尾，又变得常用了。

3. **破格**

为了避免诗歌语言因格律变得单调和呆板，或为了解决达意与格律形式之间的矛盾，汉语诗人们常常在格律上作一些变通，这叫作破格，故有所谓“拗救”。例如：

杜甫五律《奉济驿重送严公四韵》首联：

远送从**此**别　仄仄平**仄**仄（拗）

青山**空**复情　平平**平**仄平（救）

白居易五律《赋得古原草送别》颔联：

野火烧**不**尽　仄仄平**仄**仄（拗）

春风**吹**又生　平平**平**仄平（救）

这两联诗的出句都把“仄仄平平仄”句式中第四字由平变仄，成为“仄仄平仄仄”；与之相应，在对句又把第三字由仄变平，即由“平平仄仄平”变为“平平平仄平”。这就是“拗救”。当然，拗救也是有条件的。关于拗救的细则，读者可以阅读有关专著，这里从略。

和汉诗一样，英诗也有破格现象。除了语言因素外，那些经典英诗中的破格都是诗人的有意安排，都带有一定的目的性。例如：

o 0	o 0	o 0	o 0
When dai-	sies pied	and vio-	lets blue
o 0	o 0	o 0	o 0
And la-	dy-smocks	all sil-	ver-white
o 0	o 0	o 0	o 0
And cuck-	oo-buds	of yel-	low hue
o 0	o 0	o 0	o 0
Do paint	the mead-	ows with	delight,
o 0	o 0	o 0	o 0
The cuck-	oo then,	on eve-	ry tree,
0 0	o 0	o 0	o 0
Mocks mar-	ried men;	for thus	sings he,
0 o			
Cuckoo,			
0 o	0 o	o 0	o 0
Cuckoo,	cuckoo!	Oh word	of fear
o 0	o 0	o 0	o 0
Unpleas-	ing to	a mar-	ried ear!

—Shakespeare

当杂色的雏菊开遍牧场，

蓝的紫罗兰，白的美人衫，

还有那杜鹃花吐蕾娇黄，

描出了一片广大的欣欢；

听杜鹃在每一株树上叫，
把那娶了妻的男人讥笑：
咯咕！
咯咕！咯咕！啊，可怕的声音！
害得做丈夫的肉跳心惊。

——莎士比亚

从上面这一小节诗中可以发现，前五行的格律是非常规则的四步抑扬格，以欢快的节奏描写美好的春景。到了第六行时，描写对象改变了，节奏也随之改变——第一音步由基本的抑扬格变成了扬扬格，连续两个重音仿佛是向已婚男人敲响的两声警钟，似乎在说："春天虽然美好，但也要防止不愉快事情发生。""Cuckoo"这个词与"cuckold"读音近似，相当于汉语的"戴绿帽子"，属于扬抑格节奏，单独成行；下面又重复两次，非常明显地起到了强调的作用，含意幽深，妙趣横生。由此可见，这段诗的格律变化，与内容完全契合，起到了加强诗意的效果。

二、相异点

1. 声调语言和重音语言

汉语是声调语言，这个特点决定了汉诗的节奏要讲平仄。汉诗每两个字为一个节奏，平仄递用。平声是长的，不升不降；上、去、入声都是短的，或升或降或促（上指升，去指降，入指特别短促）。因此，平仄递用也就是长短递用，平调与升降调（或促调）递用。

英语是重音语言，这个特点决定了英诗的节奏要讲轻重递用，也就是抑扬递用。

2."言"和音步

汉语律诗讲"言"（相当于英诗的音节）。

英语律诗中除有五音步和七音步外，还有一音步、二音步、三音步、四音步、六音步等形式。

汉语律诗中没有“一言”诗，古风体中也没有。其他“言”的形式，在汉语律诗中虽无，但在古风体或乐府体里尚可见到。

二言：

断竹，
续竹。
飞土，
逐肉。

——［先秦］《弹歌》

三言：

太一况，天马下。
沾赤汗，沫流赭。
志俶傥，精权奇。
籋浮云，晻上驰。
体容与，迣万里。
今安匹，龙为友。

——《汉书·礼乐志·天马歌》

四言在古风体里较为多见。《诗经》主要是四言体，有些地方夹杂着二言（如《维清》）、三言（如《青蝇》）、五言（如《行露》）、六言（如《卷耳》）、七言和八言。

六言：

一年一年老去，
明日后日花开。
未报长安平定，
万国岂得衔杯。

——［唐］韦应物《三台》

还有六言律体（罕见），例如：

把酒留君听琴，
难堪岁暮离心。
霜叶无风自落，
秋云不雨空阴。
人愁荒村路细，
马怯寒溪水深。
望断青山独立，
更知何处相寻！

——［唐］卢纶《送万臣》

此外，汉诗还有八言、九言、十言、十一言等，但未见有单独构成一首诗的，多夹杂在七言古体（或乐府）中。例如李白的《蜀道难》（乐府）以七言为主，其中就夹有三言、四言、五言、九言和十一言。杜甫的《韦讽录事宅观曹将军画马图》和李白的《将进酒》（乐府）中就夹杂有十言（这种十言诗句多是在七言句前加上“君不见”或“君不闻”三个字构成的）。

英诗中则没有八音步、九音步、十音步和十一音步。如果有的话，诗行就太长了。

第二节 押韵比较

押韵是诗歌最基本的因素之一。汉语不押韵的诗，即使有，也少之又少，据专家统计，《诗经》中只有八首完全无韵的诗。①

① 施向东：《诗词格律初阶》，天津大学出版社，2001，第 4 页。

韵文的要素不在于“句”，而在于“韵”。有了韵脚，韵文的节奏就算有了一个安顿；没有韵脚，虽然成句，诗的节奏还是没有完。[①]

一、相似点

汉诗和英诗主要是押尾韵。汉英诗共有的尾韵形式主要有 aaba 韵、aaaa 韵、aabb 韵、abab 韵和 abcb 韵。

1. aaba **韵**

aaba 韵是汉诗七言四行体的基本韵式。例如：

闺中少妇不知愁，
春日凝妆上翠楼。
忽见陌头杨柳色，
悔教夫婿觅封侯。

——［唐］王昌龄《闺怨》

五言四行体也较常见。例如：

床前明月光，
疑是地上霜。
举头望明月，
低头思故乡。

——［唐］李白《静夜思》

英诗也有 aaba 韵，但不是主要韵式。例如：

“I’m busy now,” the windmill said,
Waving his arms about his head;
“Don’t interrupt me while I’m grinding
The flour to make the baker’s bread.”

—*The Windmill*

① 王力：《汉语诗律学》，上海教育出版社，2005，第 15 页。

"我正忙着," 风车道,
挥舞长臂脑边绕;
"我磨面粉别打搅,
面包师要做面包。"

——《风车》

Whose woods these are I think I know.
His house is in the village, though;
He will not see me stopping here
To watch his woods fill up with snow.
My little horse must think it queer
To stop without a farmhouse near
Between the woods and frozen lake
The darkest evening of the year.
He gives his harness bells a shake
To ask if there is some mistake.
The only other sound's the sweep
Of easy wind and downy flake.
The woods are lovely, dark, and deep,
But I have promises to keep,
And miles to go before I sleep,
And miles to go before I sleep.

—Frost

我知这是谁的林,
主人房屋虽在村;
他难见我此驻足,
在其林边观雪景。

我的小马定不解，
近无农家要停歇，
位于树林冰湖间，
年中最黑这一夜。

马将铃儿摇一摇，
问我是否弄错了：
这儿只有微风吹，
鹅毛大雪纷纷飘。

树林可爱深又暗，
与人有约难久站，
睡前还得把路赶，
睡前还得把路赶。

——弗罗斯特

此诗前三节分开可看作 aaba 韵，但全诗是 aaba，bbcb，ccdc，dddd 韵。

2. aaaa 韵

aaaa 韵是指每行都押韵，且不限四行体。汉诗律体无 aaaa 韵，但古风体每句押韵者并不少见。例如：

秋风萧瑟天气凉，
草木摇落露为霜。
群燕辞归雁南翔，
念君客游思断肠。
慊慊思归恋故乡，
何为淹留寄他方？

贱妾茕茕守空房，
忧来思君不敢忘，
不觉泪下沾衣裳。
援琴鸣弦发清商，
短歌微吟不能长。
明月皎皎照我床，
星汉西流夜未央。
牵牛织女遥相望，
尔独何辜限河梁？

——［三国］曹丕《燕歌行》

全诗句句押平声韵。诗中“忘”“望”二字在《佩文诗韵》中均属“阳部”。

金玉满堂莫守，
古人安此粗丑。
独以道德为友，
故能延期不朽。

——［三国］嵇康《六言诗十首　其五》

全诗句句押仄声韵。

王力认为，“事实上，从《柏梁诗》到魏文帝的《燕歌行》，都是句句押韵的”，“依现存的史料观察，直到鲍照，才有隔句为韵的七言诗”。①

英诗也有 aaaa 韵，但十分少见（笔者只发现两首童谣）。例如：

Star light，star bright，
First star I see tonight，
I wish I may，I wish I might，

① 王力：《汉语诗律学》，上海教育出版社，2005，第 15 页。

Have the wish I wish tonight.

—*Mother Goose*

星光闪，星光闪，

明星一点今夜见，

油然而生我心愿，

梦想成真今夜愿。

——《鹅妈妈童谣》

Good Night，Sleep Tight

Wake up bright

In the morning light

To do what's right

With all your might.

—*Mother Goose*

说声晚安睡得香

一觉醒来天已亮

早晨一片好晨光

应做什么别彷徨

浑身上下是力量。

——《鹅妈妈童谣》

3. aabb **韵**

aabb 韵即双韵体，此韵式在汉诗律体中无，但在楚辞体和古风中可见到。例如：

秋风起兮白云飞，

草木黄落兮雁南归。

兰有秀兮菊有芳，

怀佳人兮不能忘[①]。

……

——［汉］刘彻《秋风辞》

轮台城头夜吹角，
轮台城北旄头落。
羽书昨夜过渠黎，
单于已在金山西。
戍楼西望烟尘黑，
汉军屯在轮台北。
上将拥旄西出征，
平明吹笛大军行。
四边伐鼓雪海涌，
三军大呼阴山动。
虏塞兵气连云屯，
战场白骨缠草根。
剑河风急雪片阔，
沙口石冻马蹄脱。
亚相勤王甘苦辛，
誓将报主静边尘。
古来青史谁不见，
今见功名胜古人。

——［唐］岑参《轮台歌奉送封大夫出师西征》

全诗两句一韵，平仄通押，末两句除外。

在英诗中，aabb 韵是最常用的韵式之一。例如：

① “忘”字古读平声。

A little learning is a dangerous thing;
Drink deep, or taste not the Pierian spring:
There shallow draughts intoxicate the brain
And drinking largely sobers us again.

—Pope

知识浅陋甚危险，
杯量休要饮诗泉：
浅尝辄止头昏晕，
开怀畅饮脑清湛。

——蒲柏

4. abab 韵

此韵式在汉诗律体中无，但在《诗经》和古风中可见。例如：

凯风自南，
吹彼棘薪。
母氏圣善，
我无令人。

——《诗经》

落日出前门，
瞻瞩见子度；
冶容多姿鬓，
芳香已盈路。

——［晋］无名氏《子夜歌》(其一)

在英诗中，abab 韵与 aabb 韵一样常用。例如：

Not gold, but only man can make
A people great and strong;
Men who, for truth and honour's sake,

Stand fast and suffer long.

Brave men who work while others sleep,
Who dare while others fly—
They build a nation's pillars deep
And lift them to the sky.

—Emerson

一个民族要强盛，
力量是人不是金；
追求真理荣誉者，
方能屈忍和坚定。
别人闲睡或委闪，
勇者胆大又实干——
立起民族顶梁柱，
基深体高耸云天。

——爱默生

5. abcb 韵

这种韵式的汉诗只偶句押韵，奇句（除首句外）一定不押韵，而且要求一韵到底，中间不能换韵。首句可押可不押，大体上五言律诗以首句不入韵为常，七言律诗以首句入韵为常。例如：

客心争日月，
来往预期程。
秋风不相待，
先至洛阳城。

——［唐］张说《蜀道后期》

独在异乡为异客，

每逢佳节倍思亲。
遥知兄弟登高处，
遍插茱萸少一人。

——［唐］王维《九月九日忆山东兄弟》

好雨知时节，
当春乃发生。
随风潜入夜，
润物细无声。
野径云俱黑，
江船火独明。
晓看红湿处，
花重锦官城。

——［唐］杜甫《春夜喜雨》

凤凰台上凤凰游，
凤去台空江自流。
吴宫花草埋幽径，
晋代衣冠成古丘。
三山半落青天外，
二水中分白鹭洲。
总为浮云能蔽日，
长安不见使人愁。

——［唐］李白《登金陵凤凰台》

abcb 韵也是英诗中较为常见的韵式，不过每四句要换韵，这一点与汉诗略有不同。例如：

If I were a bird,
　I wouldn't like to be

In a little cage
　Where I couldn't be free.

I'd want to spread
　My wings and fly
Over the tree-tops
　And into the sky.

I'd visit my friends
　Who live very far
Then I'd fly up high
　And sit on a star.

—Segal

我若是只鸟，
决然不愿要
樊笼小天地，
那儿是监牢。

我的理想是，
展翅去翔翱；
越过高树顶，
蓝天任逍遥。

我要访朋友，
哪怕路迢迢；
然后再高飞，

乘星漫天遨。

——塞盖尔

二、相异点

汉诗尾韵的形式比英诗要少得多。可以说，汉诗有的尾韵，英诗都有；而英诗的许多尾韵，汉诗却没有（近代欧化诗除外）。仅以十四行体为例，就有 abab，cdcd，efef，gg / aaaa，bcbc，adad，ee / abba，abba，cde，cde / aba，bcb，cdc，ded，ff 等，这需要我们在阅读中多加观察。

除尾韵外，英诗还有头韵、腰韵和眼韵等，这些韵式汉诗中则无。

第三节　对仗比较

对仗是近体诗体现其表现手法和情感内容的主要载体。律诗通常是要求中间两联相对，首联和尾联可以不对。长律除首联和尾联外，要求每联相对。最严格的要求是同类的事物相对，比如天文对天文、花木对花木；其次是邻类相对，如天文对时令、衣物对器物、文事对文物；最宽松的要求是词性相对就行了，如名词对名词、动词对动词、形容词对形容词、虚词对虚词、偏正词组对偏正词组、动宾词组对动宾词组等，在汉语律诗中，对仗是必备的因素之一。例如：

渡远荆门外，
来从楚国游。
山随平野尽，
江入大荒流。
月下飞天镜，

云生结海楼。
仍怜故乡水，
万里送行舟。

——［唐］李白《渡荆门送别》

锦瑟无端五十弦，
一弦一柱思华年。
庄生晓梦迷蝴蝶，
望帝春心托杜鹃。
沧海月明珠有泪，
蓝田日暖玉生烟。
此情可待成追忆，
只是当时已惘然。

——［唐］李商隐《锦瑟》

英诗中也有对偶句，但对偶不是格律必备要求，与汉诗的对仗构成也不完全相同。例如：

My boat is on the shore,
And my bark is on the sea.

—Byron

我的小艇靠在岸边，
我的帆船泊在海上。

——拜伦

The seed ye sow, another reaps;
The wealth ye find, another keeps;
The robes ye weave, another wears;
The arms ye forge, another bears.

——Shelley

你们播下了种子，别人来收割；
你们找到了财富，归别人占有；
你们织布成衣，穿在别人身上；
你们锻造武器，握在别人的手。

——雪莱

第四节 诗行与诗节比较

一、诗行

汉语由于一个字就是一个音节，所以汉语诗句的字数也就是音节数，诗句和诗行是一致的，即每句只占一行。汉诗押韵总在句末，除现代自由体外，没有“跨行”，所以汉诗是可以论“句”的。

但英诗每一句不一定只占一行，每行也不一定只容一句。每行的末一个音节才押韵，所以英诗论“句”是没有意义的，只能论“行”。例如：

You too, my mother, read my rhymes
For love of unforgotten times
And you may chance to hear once more
The little feet along the floor.

—Stevenson

母亲也请读我诗，
珍惜那段难忘时；
碰巧你会又见到，
地上学步小脚趾。

——斯蒂文森

二、诗节

就诗节的行数而言，汉诗与英诗有诸多相似之处。

1. 两行体

汉语古诗没有两行体，但对（楹）联是两行体。诗、联关系密切，故人们常说“诗联不分”。对联是由古代诗词演化而产生的。诗是文学之最，对联是诗之最，故有“对联是诗中诗”的说法。从这个意义上讲，对联也可看作“两行体”的诗。诗的对仗部分（律诗的颔、颈联）即对联，所以说，诗中有联。能诗者多善对，善对者亦能诗。

（1）诗与联的相同点。都有严格的格律规定，诗有“诗律”，联有“联律”。“联律”中的基本规则与格律诗的对仗要求相一致。

（2）诗与联的不同点。诗的长短有定式，绝句20个字或28个字，两联；律诗8句，40个字或56个字，四联。联，长短不限，可单边一句，也有两句或更多句。短则二、三字，长达数十字或过百字，各随人意。格律诗中的对仗句既讲平仄又讲押韵，对联只讲平仄，不讲押韵。对联举例如下：

月明为画

江流有声

此联为镇江金山寺明月亭的题联（四字联）。

常吟兰亭流杯韵

总怀灵洞滴谷情

此联为江西鹰潭龙虎山祖师殿对联（七字联）。

风声水声虫声鸟声梵呗声，总合三百六十天击钟声，无声不寂。

月色山色草色树色云霞色，更兼四万八千六峰峦色，有色皆空。

此联为浙江天台山中方广寺对联（多字长联）。

汉语现代诗有两行体（宜视为“舶来品”）。诗人高平就写过不少两行体的诗，例如：

过惯了黑夜的人，
会把报晓的公鸡掐死。

热爱固然值得珍惜，
贵在终生保持恒温。

见到老乡就想起了故土，
见到羊群就想起了草原。

愚昧的快乐是石头，
知识的痛苦是水滴。

作家不能像母鸡，
天天下同样的蛋。

英诗的两行体很常见。例如：

I think that I shall never see
A poem lovely as a tree;

A tree whose hungry mouth is prest
Against the earth's sweet flowing breast;

A tree that looks at God all day,
And lifts her leafy arms to pray;

A tree that may in Summer wear

A nest of robins in her hair;

Upon whose bosom snow has lain,
Who intimately lives with rain.

Poems are made by fools like me,
But only God can make a tree.

—Kilmer

我想我将见不到
有诗如树之美好；

树之饥唇紧吸住
大地甜蜜之淌乳；

树儿整天望上帝，
枝叶簇举把福祈；

夏天树让知更鸟
在她发中筑卵巢；

白雪偎依她胸前，
雨水与她亲无间；

愚夫如我才赋诗，
唯有上帝能造树。

——基尔默

2. 三行体

1）汉诗三行体

大风起兮云飞扬，
威加海内兮归故乡，
安得猛士兮守四方。

——［汉］刘邦《大风歌》

君不见走马川，
行雪海边，
平沙莽莽黄入天。

轮台九月风夜吼，
一川碎石大如斗，
随风满地石乱走。

匈奴草黄马正肥，
金山西见烟尘飞，
汉家大将西出师。

将军金甲夜不脱，
半夜军行戈相拨，
风头如刀面如割。

马毛带雪汗气蒸，
五花连钱旋作冰，
幕中草檄砚如凝。

虏骑闻之应胆慑，

料知短兵不敢接，

车师西门伫献捷。

（注：原诗并未分节，但意义上三句一转，而且三句一韵，实际上可以看作三行诗节。）

——［唐］岑参《走马川行奉送封大夫出师西征》

2）英诗三行体

Shall we go dance the hay, the hay?
Never pipe could ever play
Better shepherd's roundelay.

Shall we go sing the song, the song?
Never love did ever wrong.
Fair maids, hold hands all along.

Shall we go learn to woo, to woo?
Never thought came ever to,
Better deed could better do.

Shall we go learn to kiss, to kiss?
Never heart could ever miss
Comfort, where true meaning is.

Thus at base they run, they run,
When the sport was scarce begun.
But I waked, and all was done.

—Breton

我们大家来跳舞，一曲又一曲，
管笛难以赛过
牧羊少年的美妙小曲。

我们大家来唱歌，一首又一首，
爱情决不会错
美丽少女你手拉我手。

我们大家学求爱，一次又一次，
心中从未想过
无邪举止更能帮助你。

我们大家学接吻，一幕又一幕，
内心决不错过
舒服，是真正的缘故。

他们在原地奔跑，一遍又一遍，
游戏还未开始
我却醒来，留下无限思念。

——布雷顿

3. 五行体

1）汉诗五行体

陟彼北芒兮，噫！
顾瞻帝京兮，噫！
宫阙崔嵬兮，噫！
民之劬劳兮，噫！

辽辽未央兮，噫！

——［汉］梁鸿《五噫歌》

2）英诗五行体

There are gains for all our losses,
There are balms for all our pain;
But when youth, the dream, departs
It takes something from our hearts,
And it never comes again.

We are stronger, and are better,
Under manhood's sterner reign;
Still we feel that something sweet
Followed youth, with flying feet,
And will never come again.

Something beautiful is vanished,
And we sigh for it in vain;
We behold it everywhere,
On the earth, and in the air,
But it never comes again!

—Stoddard

咱之损失可补回，
咱之痛苦可安慰；
如梦青春一消失，
带走心事难描绘，
从此一去不复归。

咱们变得壮又美，
成人生活为支配；
仍觉有事甜蜜蜜，
但随青春已远飞，
也将一去不复归。

美好东西已陨坠，
咱们叹息也白费；
虽然见它到处是，
地上跑来空中飞，
但它从此不复归。

——斯托达德

4. 六行体

1）汉诗六行体

题是临池后，
分从起草余。
兔尖针莫并，
茧净雪难如。
莫怪殷勤谢，
虞卿正著书。
（五言古风）

——［唐］韩愈《李员外寄纸笔》

长安一片月，
万户捣衣声。
秋风吹不尽，

总是玉关情。

何日平胡虏，

良人罢远征。

（乐府）

——［唐］李白《子夜吴歌》

将军出使拥楼船，

江上旌旗拂紫烟。

万里横戈探虎穴，

三杯拔剑舞龙泉。

莫道词人无胆气，

临行将赠绕朝鞭。

（七言古风）

——［唐］李白《送羽林陶将军》

2）英诗六行体

The gray sea and the long black land;
And the yellow half-moon large and low;
And the startled little waves that leap
In fiery ringlets from their sleep,
As I gain the cove with pushing prow,
And quench its speed i' the slushy sand.

Then a mile of warm sea-scented beach;
Three fields to cross till a farm appears;
A tap at the pane, the quick sharp scratch
And blue spurt of a lighted match,
And a voice less loud, thro' joys and fears,

Than the two hearts beating each to each!

—Browning

大地漆黑海灰茫，
偏挂天边月牙黄。
微波惊起同欢跃，
如梦醒来闪磷光。
飞舟送我入海湾，
一头扎在泥沙上。

暖滩一哩散海香，
穿过田地到农场。
轻扣窗棂闻咔嚓，
一道蓝光火柴亮，
又惊又喜声音低，
不及两心碰得响！

——勃朗宁

5. **七行体**

1）汉诗七行体

我所思兮在太山，
欲往从之梁父艰。
侧身东望涕沾翰。
美人赠我金错刀，
何以报之英琼瑶。
路远莫致倚逍遥，
何为怀忧心烦劳？

我所思兮在桂林，
欲往从之湘水深。
侧身南望涕沾襟。
美人赠我琴琅玕，
何以报之双玉盘。
路远莫致倚惆怅，
何为怀忧心烦伤？

我所思兮在汉阳，
欲往从之陇阪长。
侧身西望涕沾裳。
美人赠我貂襜褕，
何以报之明月珠。
路远莫致倚踟蹰，
何为怀忧心烦纡？

我所思兮在雁门，
欲往从之雪纷纷。
侧身北望涕沾巾。
美人赠我锦绣段，
何以报之青玉案。
路远莫致倚增叹，
何为怀忧心烦惋？

——［汉］张衡《四愁诗》

云行雨步，
超越九江之皋。

临观异同，
心意怀游豫，
不知当复何从。
经过至我碣石，
心惆怅我东海。

——［三国］曹操《步出夏门行·艳》

2）英诗七行体

If we must part,
Then let it be like this,
Not heart on heart,
Nor with the useless anguish of a kiss;
But touch mine hand and say:
"Until tomorrow or some other day."
If we must part.

Words are so weak
When love hath been so strong;
Let silence speak:
"Life is a little while, and love is long;
A time to sow and reap,
And after harvest a long time to sleep."
But words are weak.

—Dowson

假如我们要分手，
那就应当这么做：
不必两心如胶膝，

不要吻中带忧愁，
但要握手对我说：
“待到明天或他日。”
假如我们要分手。

言语如此软无力，
而爱一直很坚毅，
可让沉默道真谛：
“生命瞬息爱长久，
播种收获是时机，
收获之后久歇息。”
言语如此软无力。

——道森

第四章

汉语古典诗词英译探索

第一节　汉语古典诗词英译回顾

一、译家研究

国内学者研究古典诗词翻译较多的有“诗译英法唯一人”——许渊冲先生。他从事文学翻译长达80余年，作品集中在中国古诗英译，形成韵体译诗的方法与理论，在国内外出版英、法译著60余本，包括《诗经》《楚辞》《李白诗选》等，并先后提出诗词翻译的“三美论”“三化论”“三之论”以及“发挥优势竞赛论”等，为古典诗词英译作出了杰出贡献。

林语堂作为“东西方文化交流使者”，是较早向西方译介我国古典诗词的中国学者，其译作主要集中于1963年美国克里夫兰世界出版公司出版的《中国著名诗文选译》（*Translation from the Chinese*：*the Importance of Understanding*）中，其他译作见于他的一些英文著述中。他撰写了《论译诗》《译乐隐词》《英译黛玉葬花诗》等文章，阐明他的汉诗英译的观点和主张。林语堂译诗注重诗歌的节奏、原诗的意境，主张“翻译即艺术”的翻译美学观。

埃兹拉·庞德（Ezra Pound，1885—1972）是美国诗歌理论家，20世纪诗歌革新的领军人物，意向派诗歌的开拓者之一。他把许多汉语诗译成英文，其中《华夏集》具有独特的魅力，但他的翻译一直以来有着“误译”和“创译”之争。他主张译诗需凝练、简洁，突出原诗之意象美和节奏感，同时他认为翻译诗歌必须深入原诗作者的思想，并体会到原诗作者的意象和感情，如庞德对《诗经》中意象的灵活处理，被认为是创造性的翻译。

宇文所安（Stephen Owen，1946—），美国汉学家，被誉为“为唐诗而生的美国人”，是国际汉学界的杰出代表，出版了《初唐诗》《盛唐诗》《晚唐：九世纪中叶的中国诗歌》等多部作品。他坚持忠实再现的原则，用归化和异化的翻译策略，在一定程度上把中西方文学传统与唐诗翻译融合起来。此外，詹姆斯·理雅各（James Legge）、阿瑟·戴维·韦利（Arthur David Waley）、杨宪益、伯顿·华兹生（Burton Watson）、汪榕培等也对中国古代文学进行了广泛关注和研究。

二、翻译方法与策略研究

古典诗词英译研究的一个重要关注点就是韵体译诗。韵体派也称格律派，韵体派认为译诗应当最大限度地与原诗在内容和形式上保持一致，也就是说应该具备同原诗相同或至少相近的格律，充分考虑原作的形式美。英国汉学家翟理斯（H. A. Giles）最早用直译押韵的诗体形式把唐诗译成韵文，西方学者唐安石、弗莱彻等也始终坚持韵体译诗。唐安石认为，中国古典诗词的美是通过押韵和节奏体现出来的。在国内，许渊冲先生是韵体译诗的践行者，其韵文诗体翻译模式在国内独树一帜且备受推崇。许先生认为，译诗有三类需要注意的：第一类就是要传达原诗的意美，即意思美，内容美；第二类就是传达原诗的音美，即押韵；第三类是要传达原诗的形美。但“三美”的重要性并不是鼎足三分的。在许先生看来，最重要的是意美，其次是音美，再其次是形美。因此许先生在翻译古诗词的时候，用深化、等化、浅化的译法，尽可能传达原诗的意美；用双声、押韵、抑扬的方法来传达原诗的音美；用英诗格律来传达原诗的形美。

许译本忠实传达了原文本各层面的美学信息，但当无法实现对原文的忠实时，为了更好地传达中国古诗的意境，许渊冲又大胆运用创造性翻译策略，在文学效果上甚至超过了原作。汪榕培主张“用变通的韵式来译押韵诗”，赵彦春、连蓉坚持“以诗译诗，以韵译韵”。

古典诗词英译研究的另一个关注点就是散体译诗。散体派因英汉两种语言、两种文化的差异，以及译者自身能力等因素，认为中诗英译应以自然的自由体诗来传达原诗的神韵，从而避免韵体译文“因韵害意”。

韦利、宾纳（Witter Bynner）等国外学者和王守义、翁显良等国内学者是支持散体译法的，因为这种译法摆脱原诗形式上的束缚，有利于通过相关话语或者增添话语的技巧，如开篇点题、修辞添加、泛灵强化、人称显化、巧用引语、专名释意、话语重复等来营造和凸显原诗的意境。翁显良先生被公认为是古典诗歌散体派译诗的杰出代表，他在古典诗英译方面有着自己独到的造诣和见解，其译本思想内涵丰富。他注重原诗形象（意象）和神韵的传达，特别是以散文体的方式翻译古诗，在我国翻译界和学术界可谓独具匠心，别出心裁，因此，他被誉为改译派的代表。韦利认为译诗重点应该放在诗歌的内容上，用韵会因声损意，有失原诗情趣，他将汉语中的单音实字对应英语的重读音节，来再现原诗的节奏特点。张智中在《李白绝句英译》中采用散文笔法再现诗意内容，体现了诗人对意美、形美、音美的终极追求，译者始终将原诗意美放置于首位，并逐渐追求形美与音美。

三、诗歌类型、诗人与诗作研究

唐朝涌现出很多优秀的诗人和脍炙人口的诗作，对唐代诗人和唐诗英译的研究也最多，其次是作为最早的诗歌总集《诗经》和战国诗。《诗经》也是最早被多位国内外翻译家译过的中国古代诗歌，如理雅各、阿连壁（Clement Francis Romilly Allen）、克莱默 · 宾（Cranmer-Byng）、阿瑟 · 戴维 · 韦利、杜为廉（William Dolby）、海伦 · 沃德尔（Helen Waddell）和许渊冲等。《诗经》翻译研究经久不衰，战国时期的《九歌》《天问》和《离骚》也被学者译成多个版本。杜甫、李白、王维的诗作被译的次数最多。“诗圣”杜甫深受儒家思想影响，他忧国忧民，把安邦定国视为自己的使命，他的诗沉郁顿挫，以格律取胜，写尽人间疾苦，阐释了儒家的内在精神。“诗仙”李白的诗洋溢着冲破羁绊的自由意志，他的思想无拘无束，想象力丰富，他的诗飘逸洒脱，俊逸豪放，其中多首成为激励人们永不放弃的“励志诗”。“诗佛”王维，精通佛学，他以禅喻诗、以诗解禅，他的诗禅意灵动、形神兼备、意境神秘，令人神往。

四、诗歌翻译流派

古典诗词英译最早始于 16 世纪末，四百多年来，古典诗词英译先后出现了几大流派。一是早期的直译派。该派以初大告与韦利为中西代表译家，后来演变成散体派与逐字翻译派。散体派以杨宪益与华兹生为中西代表译家。逐字翻译派以黄雯与巴恩斯通（T. Barnstone）为中西代表译家。二是早期的意译派。该派以蔡廷干与翟理斯为中西代表译家，后来演变成诗体派与现代派。诗体派以许渊冲与特纳（J. Turner，又译为唐安石）为中西代表译家。现代派以林同济与艾黎（ R. Alley）为中西代表译家。三是早期的仿译派。该派以林语堂与庞德为中西代表译家，后来演变成改译派。改译派以翁显良与雷洛斯（K. Rexroth，又译为雷克思罗斯）为中西代表译家。区分这几大翻译流派有利于加深我们对古典诗词英译的发展和演化的基本脉络和现状的认识。

五、研究视角

中国古典诗词翻译一直受到中国翻译界的重视，为了较为深入地研究古典诗词英译，有必要对国内外相关研究的视角进行梳理。

国内出版的论著中，研究视角主要有七种。一是传统诗学视角。此类研究以诗歌构成要素及其创作原理为基点，如《中国翻译》编辑部编的《诗词翻译的艺术》（1987），穆诗雄的《跨文化传播——中国古典诗歌英译论》（2004），毛华奋的《汉语古诗英译比读与研究》（2007），张保红的《诗歌翻译探索》（2016），李玉良的《〈诗经〉翻译探微》（2017），等等。二是美学视角。此类研究将传统美学原理或传统美学与现代文艺理论相结合，如许渊冲的《翻译的艺术》（1984）、《文学与翻译》（2003），刘华文的《汉诗英译的主体审美论》（2005），张智中的《汉诗英译美学研究》（2015），陈大亮的《文学翻译的境界：译意・译味・译境》（2017），等等。三是功能语言学视角。

此类研究用功能语言学的理论和方法研究词义、句义及句子间的语法、逻辑关系，以及篇章结构的基本语法语义特征，如黄国文的《翻译研究的语言学探索——古诗词英译本的语言学分析》(2006) 等。四是比较文学视角。此类研究用比较文学研究原理与方法研究英译古诗的传播与影响，如许渊冲的《中诗英韵探胜》(2010)，朱徽的《中美诗缘》(2001)，李玉良的《〈诗经〉英译研究》(2007)，魏家海的《汉诗英译的比较诗学研究》(2017)，等等。五是翻译学视角。此类研究结合译者翻译实践及其翻译观，以翻译学理论为支架，如顾正阳的《古诗词曲英译理论探索》(2004)，丛滋杭的《中国古典诗歌英译理论研究》(2007)，朱徽的《中国诗歌在英语世界——英美译家汉诗翻译研究》(2009)，王峰的《唐诗经典英译研究》(2015)，等等。六是历史文化视角。此类研究结合译者的人生经历、翻译观或诗学观与翻译实践，将译者置于历史文化语境，如吴伏生的《汉诗英译研究：理雅各、翟理斯、韦利、庞德》(2012) 等。七是中国传统哲学视角。此类研究以中国传统的中庸思想为基础，尝试构建中庸诗歌翻译理论框架，如张俊杰的《试论中庸诗歌翻译观的构建——以王维诗歌英译为例》(2013)。

国外出版的论著中，研究视角主要有三种。一是比较文学视角，如叶维廉 (Wai-Lim Yip) 的 *Ezra Pound's Cathay* (1969)，艾略特·温伯格 (Eliot Weinberger) 的 *19 Ways of Looking at Wang Wei* (1987)，谢明的 *Ezra Pound and the Appropriation of Chinese Poetry* (1998)，等等。二是译著中的中国传统诗学与传统翻译视角，如翟理斯的 *Gems of Chinese Literature* (1923)，韦利的 *170 Chinese Poems* (1919)，威特·宾纳和江亢虎的 *The Jade Mountain* (1929)，葛瑞汉的 *Poems of the Late T'ang* (1965)，华兹生的 *The Columbia Book of Chinese Poetry* (1984)，等等。三是中国诗歌或文学翻译研究论文集与选集中的多维视角，如陈善伟与卜立德 (David Pollard) 的 *An Encyclopedia of Translation* (2001)，欧阳桢和林耀福的 *Translating Chinese Literature* (1995)，闵福德 (John Minford) 和刘绍铭

的 *Classical Chinese Literature*：*An Anthology of Translations*（2002），等等。

除上述所及研究视角外，研究者在论文中对古诗英译进行了多角度的尝试性探讨，如文化学视角（廖七一，2003）、关联理论视角（孙昂，2004）、东方主义视角（区鉷等，2006）、女性主义视角（李春长，2007）、伦理学视角（陈晞，2008）、认知语言学视角（王寅，2008）、语料库视角（刘泽权等，2012）、生态翻译学视角（陈月红，2015）等[①]。总之，中国古典诗词翻译的研究主要体现在跨学科、跨文化的融合上。

第二节　汉语古典诗词英译理论梳理

中国古典诗词有着丰富的文化价值和审美价值，是世界文化的宝贵遗产和精神财富，诗歌的翻译是内容和形式的高度统一，对古典诗词英译理论和实践的探索，有利于其他国家的人更好地了解我们，促进世界的文化交流。

19 世纪开创西方汉学新纪元的理雅各是从事中国古诗英译和研究较有影响力的汉学家，他的译文做到了对《诗经》的高度还原，虽然缺乏诗歌的韵味，但保留了对原文的“信”。理雅各是第一个系统地研究、翻译中国古代经典的西方人，也开启了早期古诗英译的研究范式。20 世纪享誉世界的美国华裔学者刘若愚（James Liu，1926—1986），注重探索中国诗歌在西方语境中的传播和阐释方式，寻找中西文学和诗学的融通道路，他的译本是翻译和阐释批评并行，从不同层面展示和介绍原诗，采取“异化”的立场，直译保留富含文化内涵的典故、意象等。英国著名汉学家葛瑞汉（1919—1991），毕生

① 张保红：《古诗英译中西翻译流派比较研究》，人民出版社，2018，第 4 页。

致力于对中国典籍的英译与研究，他探讨了译者的作用以及风格，将不同译作进行比较评价并加以分析，这将中国古诗英译理论研究向前推进一步，也是诗学范式下翻译批评的启蒙。海外华人叶维廉先生的《庞德的中国诗》(*Ezra Pound's Cathay*)(1969)，既是一本从翻译入手进入语言哲学、美学的比较文学书，也是一本中国古诗翻译批评的论著，他的古诗英译研究建立在诗学体系之上，使诗歌翻译向美学和文化交流层面过渡。著名美籍华裔学者欧阳桢始终秉持“自明”“信达”与“透明”的翻译标准，他的翻译风格简约、畅达，他的译诗英语地道、措辞讲究，他所反映的翻译思想，丰富和拓展了古诗英译理论研究的模式。出于对学术和中国诗词的热爱的外国汉学家，努力克服文化、语言的种种障碍，艰难地探索着各种翻译方法，有的主张直译，有的主张意译，有的主张散译，有的主张韵译；他们注重翻译实践和理论研究并行，其研究带有浓重的中国诗学传统和比较文学的特征，不仅留下了十分珍贵的语料，而且促进了中西方文化的交流和发展。

1932年，蔡廷干的《唐诗英韵》是世界上第一部比较系统和完整的英译汉诗，自然，蔡廷干也成为中国本土学者对外译介中国古典诗歌的第一人。在翻译过程中，他运用大量归化译法，尽可能地让译文向目的语靠拢，对人称代词和押韵进行灵活处理，采用明晰化策略处理个别字词和标题，根据诗歌内容及其主题将本来隐晦生涩、模糊泛化的标题翻译为具体明朗、明白易懂的目的语。

继蔡廷干之后，从事中国古典诗歌对外译介的中国本土学者众多。吕叔湘的《中诗英译比录》(1947)，分四部分对比研究外国学者英译的59首中国古典诗歌，为古诗英译研究提供了借鉴。孙大雨在《论音组》(1940)中，提出用“音组理论”翻译莎士比亚的诗剧，在中国被称为“诗体译莎第一人”。中国诗学研究领域卓越的学术大家朱光潜的《诗论》(1943)，被称为“中国现代诗学的第一块里程碑”，也是近代以来中国新诗史上科学性、逻辑性兼具的诗学专著，书中详尽透彻地探讨了诗的起源、境界，诗与音乐、散文、绘画三者的关系，以及中国诗的节奏、声韵、格律等问题，为中国的诗学理论建设提供了系统的、科学的、规范的研究体系，他的《诗论》更是被后学奉为经典的研究著作。王以铸对诗的可译性产生怀疑。翁显良所译诗集《古诗英译》（1985），将诗词译成散文体，侧重于神韵和意境，其独树一帜的“散文释义方法”，不仅对古诗英译提出了独特的见解，其理论和实践也丰富了我国的译学宝库。许渊冲始终坚持“以诗译诗”，其韵文诗体翻译模式在翻译界闪耀着璀璨的光辉，他潜心钻研并完善其翻译理论，创立的“优化论”“三势论”“三似论”“三美论”“三化论”“创译论”“三之论”“竞赛论”“艺术论”和“结论：美化之艺术，创优似竞赛”等组成了中国学派的文学翻译理论。从 2003 年开始，顾正阳出版了七本有关古诗英译研究的理论专著，分别从美学、文化、可译性、修辞的处理、实证等领域为古诗词英译研究提供了全新的视角。刘重德提出了诗的可译性和译诗须力求“传神”的主张。黄奋鸣的《英语世界中国古典文学之传播》（1997）为研究中国古诗英译在英语世界的传播提供了索引，对深入研究古诗英译史和古诗英译的译介具有启发和借鉴意义。黄国文的《翻译研究的语言学探索——古诗词英译本的语言学分析》（2006）是从语言学的角度研究古诗英译的尝试。刘华文《汉诗英译的主体审美论》（2005）主要包括中西诗性话语在翻译中的异向交汇、汉诗英译的创造性审美思维、汉诗英译主体的审美意向性结构、汉诗英译的审美感应过程等，该研究是古诗英译纯理论研究的体现。丛滋杭的《中国古典诗歌英译理论研究》（2007）以中国古典诗歌翻译理论作为研究角度，在绪论中，作者扼要地阐述了中国古典诗歌的特征、英译研究现状和对英译理论研究的展望；其余四章中，作者分别详细论证了中国古典诗歌英译主体、英译理论、英译技巧和英译理论的发展趋势，本论著为建立古诗英译研究的体系作出了重要贡献。2009 年，朱徽的《中国诗歌在英语世界——英美译家汉诗翻译研究》运用现、当代西方翻译理论观念和丰富的译例，对英美译家英译汉诗的主要成就、译学思想、翻译策略、形式技巧、历史贡献和误解误译等作了系统的分析评述，这是一部海外汉诗英译发展简史，为我们研究海外古诗英译研究史、发展规律提供了重要的参考。卓振英的《汉诗英译论纲》(2011) 为诗学范式之汉诗英译理论著作，内容包含本体论和方法论，在翻译的方法和评价体系方面作了进一步的研究。

到目前，已出版近七十部古诗英译的专著，把古诗英译理论研究从文本扩大到包括源文化、译语文化等在内的诸多跨文化交际领域，为古诗词英译中的许多问题提供了全新的研究视角。其中影响较大者有林语堂 (1895—1976)、孙大雨 (1905—1997)、杨宪益 (1915—2009)、赵甄陶 (1921—2001)、许渊冲 (1921—2021)、翁显良 (1924—1983)、汪榕培 (1942—2017) 等。

虽然中国学者进入汉诗英译领域的时间相对较晚，但不可否认的是，他们对于中国诗歌的理解强于外国人，且中国人的英语表达能力未必在英美译者之下。尤其是通过一批近现代学识深湛的学者不断耕耘，理论研究蓬勃兴起，新领域、新视角层出不穷，古诗英译理论体系在不断完善，学者们用自己的努力为中国文化和世界文化的融合和传播作出了非凡的贡献。

第五章

美学视角下的汉语古典诗词英译

第一节　显微阐幽——传达原诗之意美

诗歌语言凝练，意蕴生动含蓄，寥寥数笔便勾画出诗人所要表达之景、所要诉说之情，能使读者在细细琢磨、慢慢品味的过程中体会到中国古诗词蕴含的耐人寻味、言有尽而意无穷的韵味。这也是文人雅士所追求与推崇的“意美”的理想境界。在诗歌的翻译中，我们不但要理解透彻，而且要表达完美。译者应置身于诗境之中，揣摩出诗的精神、情调和风格，有效传达原作形象思维的绝妙之所在；译文要尽量保留原作的现实因素，避免空洞和直白，保持原作的模糊美感，译出原诗的神韵，以情译诗，给读者留下想象空间，让读者用可观可感的意象外形特征来推测潜伏甚深的复杂意蕴，以传达原诗的意美。

传达出原作真实的意蕴，需要译者具有强大的诗词赏析能力与英汉双语驾驭能力。根据我国文学艺术界的普遍看法，我们姑且将意蕴分为雄壮阳刚和内敛阴柔两大类，并举例加以探讨。

一、雄壮阳刚类意境的传译

这类意境所展现的意象，或高昂激烈，或奔放骋怀，或深沉坚毅，或悲慨刚劲。

［例一］观沧海

东临碣石，

以观沧海。

水何澹澹，

山岛竦峙。

树木丛生，

百草丰茂。

秋风萧瑟，

洪波涌起。

日月之行，

若出其中；

星汉灿烂，

若出其里。

幸甚至哉，

歌以咏志。

——［东汉］曹操

Viewing the Sea

When I climb atop the Rocky Hill,

I view the vast East Sea at will.

The waters quietly ebb and flow;

The island mountains skyward go.

The trees are growing dense and green;

The grass is sprouting lush and clean.

When autumn winds sweep o'er the shore,

Huge waves and billows surge and roar.

The sun and the moon on their way

Seem to rise there from day to day.

The stars that shine bright in the sky

Seem to grow there far and nigh.

In such a happy mood I am

That I sing it as an epigram.

—汪榕培 译

曹操的《观沧海》是用乐府旧题创作的组诗《步出夏门行》中的第二首，作于建安十二年（207）作者北征乌桓凯旋时。此诗借景抒情，把眼前的海上景色和自己的雄心壮志很巧妙地融合在一起，被认为是意境雄奇阔大的代表作。其特点在于写景雄奇壮美，气势恢宏；抒情奔腾震荡，磅礴千钧；文辞渲染夸张，振奋激昂。

汪榕培的英译对原诗作了准确、全面的理解，综合性地传译了原诗的意美。

“When I climb atop the Rocky Hill，/I view the vast East Sea at will.”这两句译文告诉了读者诗人“观沧海”的位置，登上碣石山顶，居高临海，视野寥廓，大海的壮阔景象尽收眼底。以下内容，概由此拓展而来。

“The waters quietly ebb and flow；/The island mountains skyward go.”是望海初得的大致印象，有点像绘画的轮廓。在这水波“澹澹”的海上，最先映入眼帘的是那突兀耸立的山岛，它们点缀在平阔的海面上，使大海显得神奇壮观。

“The trees are growing dense and green；/The grass is sprouting lush and clean.”描绘了岛上树木繁茂、百草丰美的景象，给人以诗意盎然之感。

“When autumn winds sweep o'er the shore，/Huge waves and billows surge and roar.”这两句描述了秋风萧瑟中的海面竟有洪波巨澜、汹涌起伏的情景，表现出诗人面对萧瑟秋风，仍有着“老骥伏枥，志在千里”的壮志胸怀。

“The sun and the moon on their way/Seem to rise there from day to day. /The stars that shine bright in the sky/Seem to grow there far and nigh.”这四句译文凸显出作者博大的胸怀、开阔的胸襟、宏大的抱负，展现了要像大海容纳万物一样把天下纳入自己掌中的胸襟。

“In such a happy mood I am/That I sing it as an epigram.”这两句是乐府诗的套语，跟正文内容没关系。《步出夏门行》除序曲“艳”外，《观沧海》《冬十月》《土不同》和《龟虽寿》四首诗都是以“幸甚至哉，歌以咏志”结尾的。

［例二］水调歌头

丙辰中秋，欢饮达旦。大醉，作此篇，兼怀子由。

明月几时有？
把酒问青天。
不知天上宫阙，
今夕是何年？
我欲乘风归去，
又恐琼楼玉宇，
高处不胜寒。
起舞弄清影，
何似在人间。

转朱阁，
低绮户，
照无眠。
不应有恨，
何事长向别时圆？

人有悲欢离合，

月有阴晴圆缺，

此事古难全。

但愿人长久，

千里共婵娟。

——［宋］苏轼

Tune："Prelude to Water Melody"

The Mid-autumn Festival

How long will the full moon appear?

Wine cup in hand, I ask the sky.

I do not know what time of year

It would be tonight in the palace on high.

Riding the wind, there I would fly,

Yet I'm afraid the crystalline palace would be

Too high and cold for me.

I rise and dance, with my shadow I play.

On high as on earth, would it be as gay?

The moon goes round the mansions red

Through gauze-draped windows to shed

Her light upon the sleepless bed.

Against man she should have no spite,

Why then when people part, is she oft full and bright?

Men have sorrow and joy; they part or meet again;

The moon is bright or dim and she may wax or wane.

There has been nothing perfect since the olden days.

So let us wish that man

Will live long as he can!

Though miles apart, we'll share the beauty she displays.

—许渊冲　译

苏轼这首脍炙人口的《水调歌头》，被认为是意境旷达开朗的代表作。其特点在于写景则脱俗飘逸，虚实相生；抒情则自然开朗，舒缓绵长；文辞轻健明快，奇谲俊丽。作于宋神宗熙宁九年（1076），即丙辰年的中秋节，为作者醉后抒情，怀念弟弟苏辙之作。其时，苏轼因与王安石政见不合出守外郡已历时五载，而与在齐州（今济南）做官的弟弟苏辙（子由）又长达七年未能谋面。政治上不能施展抱负，生活上兄弟天各一方。中秋之夜，他喝酒赏月，不禁怀念起不在身边的弟弟。这首词就是他赏月时因思念亲人而作。全词运用形象的描写和浪漫主义的想象，紧紧围绕中秋之月展开抒情和议论，从天上与人间、月与人、空间与时间这些相联系的范畴进行思考，把自己对兄弟的感情，升华到探索人生乐观与不幸的哲理高度，表达了作者乐观旷达的人生态度和对生活的美好祝愿、无限热爱。

许渊冲将“我欲乘风归去，又恐琼楼玉宇，高处不胜寒”译为“Riding the wind，there I would fly，Yet I'm afraid the crystalline palace would be/Too high and cold for me.”。此译如果能译出一个“归”字就更完美了，“我欲乘风归去”可译作“Riding the wind，back there I would fly.”。飞天入月，为什么说是“归去”呢？也许是因为苏轼对明月十分向往，早已把那里当成自己的归宿了。从苏轼的思想来看，他受道家的影响较深，抱着超然物外的生活态度，又喜欢道教的养生之术，所以常有出世登仙的想法。他在《前赤壁赋》描写月下泛舟那种飘飘欲仙的感觉时说：“浩浩乎如冯（同“凭”）虚御风，而不知其所止；飘飘乎如遗世独立，羽化而登仙。”也是由望月而想到登仙，可以和《水调歌头》互相印证。词人之所以有这种脱离人世、超越自然的奇想，一方面是来自他对宇宙奥秘的好奇，另一方面是来自对现实人间的不满。人世间有如此多的不称心、不满意之事，迫使词人幻想摆脱这烦恼人世，到琼楼玉宇中去过逍遥自在的神仙生活。

“起舞弄清影，何似在人间”被许渊冲译为“I rise and dance，with my shadow I play. On high as on earth，would it be as gay?”，译句表现出作者在抑郁寂寞中自我排遣的大观情怀。

“转朱阁，低绮户，照无眠”被译为“The moon goes round the mansions red/Through gauze-draped windows to shed/Her light upon the sleepless bed.”，此句译技高超，将一些具有中国特色的事物作了跨文化交际的处理，尤其用“the sleepless bed”指代“无眠”，给了读者更多思考和遐想的空间。

“不应有恨，何事长向别时圆?”被译为“Against man she should have no spite，Why then when people part，is she oft full and bright?”，句中的“长”译为“oft”很到位。(“长”即“常”，《论语》：“君子坦荡荡，小人长戚戚。”)如果此句译作“Against man you should have no spite，Why then when people part，are you oft full and bright?”(月亮啊你大概不会怀有怨恨，为什么常在人有离愁时才圆呢?)，则体现不出词人的感情。词人月下饮酒，将此时的思想感情移之于月，面对面发问更能表达出诗人对“月圆人不圆”现象的超然态度和淡淡的遗憾之情。

“人有悲欢离合，月有阴晴圆缺，此事古难全”被译为“Men have sorrow and joy；they part or meet again；The moon is bright or dim and she may wax or wane. There has been nothing perfect since the olden days.”，此句的意境传译得非常漂亮。其中“sorrow and joy”和“bright or dim”对照工整，“part or meet again”和“wax or wane”不仅对照完美而且精巧押韵。

“但愿人长久，千里共婵娟”被译为“So let us wish that man/ Will live long as he can! Though miles apart, we'll share the beauty she displays.”。许译用一个祈使句结尾，给人积极向上、心情振奋之感。最后一句先让步“Though miles apart”，再坚定信念“we'll share the beauty she displays”。词人终于以理遣情，希望从共赏明月中互致慰藉，离别之憾可以从兄弟友爱中获得补偿。译作恰到好处地传译了原词的意美。

二、内敛阴柔类意境的传译

这类意境所展现的意象，或瑰丽香艳，或清净静谧，或清新素雅，或凄婉忧伤。

[例一] 山居秋暝

空山新雨后，
天气晚来秋。
明月松间照，
清泉石上流。
竹喧归浣女，
莲动下渔舟。
随意春芳歇，
王孙自可留。

——[唐] 王维

Autumn Evening in the Mountains

After fresh rain in mountains bare,
Autumn permeates evening air.
Among pine trees bright moonbeams peer;

Over crystal stones flows water clear.

Bamboos whisper of washer-maids;

Lotus stirs when fishing boat wades.

Though fragrant spring may pass away,

Still here's the place for you to stay.

—许渊冲 译

王维的这首五律，被认为是淡泊静谧意境的代表作。其特点在于通过描写大自然的空寂幽趣，表现出作者一种远尘避世的淡泊心境。

许渊冲的译文，很好地再现了诗人寄情山水田园并对隐居生活怡然自得的满足心情，以自然美来表现人格美、社会美及“诗中有画”的优美意境。其中“peer”和“whisper”两词用得很传神，把“照”译为“peer”（窥探），翻译得令人惊叹，运用了拟人的修辞手法，化静为动，呈现了月光探出头来，若隐若现，明暗交错的画面，表达了意境美。尤其将“王孙”译作“you”更是独具匠心。诗人将《楚辞·招隐士》中的“王孙兮归来，山中兮不可久留!”反其意而用之，觉得“山中”比“朝中”好，洁净纯朴，可以远离官场而洁身自好，所以发出内心的感叹：“任凭春天的芳菲随着时令消逝吧，和我有同样志趣的游子，自可在秋色浓郁的山中留居。”雨后山中没有了尘雾，能见度很高，如水之清澈见底，与下文出现的松、清泉、竹等意象一同构成了一幅美妙的山居秋景图，但是我们认为如果将“空山新雨后，天气晚来秋”译为“After rain mountains full of fresh air，Autumn meets an evening cool and fair.”，与下文所描绘的美丽画面就更协调，更能展现诗人触景生情，借景表达对自然的热爱和对宁静恬淡生活的追求。

[例二] 一剪梅

红藕香残玉簟秋，

轻解罗裳，
独上兰舟。
云中谁寄锦书来？
雁字回时，
月满西楼。

花自飘零水自流，
一种相思，
两处闲愁。
此情无计可消除，
才下眉头，
却上心头。

——［宋］李清照

A Twig of Plum Blossoms

The fragrant red lotuses have withered away,
My jade-like mat turns cool on autumn day.
Lightly putting off my skirt or silky coat,
Alone I boarded on the pretty boat.
Looking back, the wild geese fly,
Who's to send me a letter through clouds' sky?
My west chamber window's full of moonlight.

Flowers drift alone out of the smell,
The creek running alone is natural.
There's one kind of love sickness,

Coming from two places with sadness.

No way could cure such a sickness,

Just falling down from my eyebrows,

Into my heart with sorrows.

—朱曼华 译

李清照的《一剪梅》是一首倾诉相思、别愁之苦的词。作者以女性特有的敏感捕捉稍纵即逝的真切感受，以素淡的语言将抽象而不易捉摸的思想感情表现为具体可感、为人理解、耐人寻味的东西。其特点在于环境哀伤凄冷，如泣如诉，往往以愁肠百结的意象打动人心并唤起读者对美好事物的热爱与向往，因此该词被认为是凄冷寒凉意境的代表作。朱译对原词意境的传译作了有益的尝试，但也有些值得商讨的地方。下面，我们不揣冒昧，逐一加以探讨。

朱曼华将“红藕香残玉簟秋，轻解罗裳，独上兰舟”译为“The fragrant red lotuses have withered away，My jade-like mat turns cool on autumn day. Lightly putting off my skirt or silky coat，Alone I boarded on the pretty boat.”。这四句译文点明了萧疏秋意的时节，渲染了环境气氛，对词人的孤独闲愁起到了衬托作用。“Lightly putting off”与“Alone I boarded”生动地表现出词人登舟时的神态和举动。“云中谁寄锦书来？雁字回时，月满西楼”被译为“Looking back，the wild geese fly，Who's to send me a letter through clouds' sky? My west chamber window's full of moonlight.”。词人“独上兰舟”，本欲排遣离愁，而怅望云天，偏起怀远之思。这一句，承上启下，“雁字回时，月满西楼”，则由此生发。作者借助鸿雁传书的传说，渲染了一个月光照满楼头的美好夜景，画面清晰，形象鲜明，然而在喜悦的背后，却蕴藏着相思的泪水。“月满西楼”写词人凭栏眺望，直到月亮偏西，也没有望到结果，凄愁至极。因此，我们认为这三句译文若改为“Who would send me a letter by cloud so high? Against the rail I wait for swans back to fly/Till the moon o'er my chamber westward rolls by."，更能体现情景交融，更能够营造出一种迷离的意境，表现出诗人愁绪暗生的状态。

朱曼华将“花自飘零水自流，一种相思，两处闲愁”译为“Flowers drift alone out of the smell，The creek running alone is natural. There's one kind of love sickness，Coming from two places with sadness.”。“花自飘零水自流”既是写景，又兼比兴，写花落水流之景，寓情于景，呼应“红藕香残”“独上兰舟”两句；而其所象喻的人生、年华、爱情、离别，则给人以“无可奈何花落去”（晏殊《浣溪沙》）之感，以及“水流无限似侬愁”（刘禹锡《竹枝词》）之恨。词的下阕就从这一句自然过渡到后面的五句，转为纯抒情怀、直吐胸臆的独白。“一种相思，两处闲愁”，由己及人，互相思念，这是有情人的心灵感应，相互爱慕，温存备至，她想到丈夫一定也同样因离别而苦恼着。因此，此句译作“Fallen flowers drift as the creek runs its way，One is lovesick night and day，Be the same the other may.”，则能更好地再现原词的意蕴。

朱曼华将“此情无计可消除，才下眉头，却上心头”译为“No way could cure such a sickness，Just falling down from my eyebrows，Into my heart with sorrows.”。这首词的结尾三句，是历来为人所称道的名句。词人别出巧思，以“才下眉头，却上心头”这样两句来代替“眉间心上，无计相回避”的平铺直叙，给人以耳目一新之感。这里，“眉头”与“心头”相对应，“才下”与“却上”成起伏，语句结构工整，表现手法巧妙，因而在艺术上有更大的吸引力。我们将其改译为：“No way could cure such smart，Just from eyebrows kept apart，Does once more it hit my heart.”，则能更精确地展露出相思之情的微妙变化，感人肺腑。

第二节 谐声合律——传达原诗之音美

音美是指诗歌的语言要音调和谐，合乎诗歌的格律，具有强烈的音乐性。诗歌语言的音乐性主要包括两个方面：一是节奏，二是押韵。汉语是声调语言，这个特点决定了汉诗的节奏讲究平仄。英语是重音语言，这个特点决定了英诗的节奏讲究轻重递用，也就是抑扬递用。

然而，由于两种语言的不同，要想把中国古典诗词完全译成英诗的标准格律体是不现实的。基于这个原因，有许多译者主张汉诗英译不能用韵，用韵就会因韵损义。不过，我们主张译诗宜尽量用韵，译成标准格律体固然不可能，但要大致押韵，不但必要，而且可行。因为，原文押韵，译文也应该押韵，这是翻译的基本要求。诗无韵，好比“菜无盐”，无韵的诗不能算作真正意义上的诗。译诗到底是无韵好，还是有韵好，我们只要作个简单的对比就可感觉到。试比较：

春　晓

春眠不觉晓，
处处闻啼鸟。
夜来风雨声，
花落知多少。

——［唐］孟浩然

译文 1　A Spring Morning

I awake light-hearted this morning of spring,

Everywhere round me the singing of birds,
But now I remember the night, the storm,
And I wonder how many blossoms were broken?

—韦特·宾纳　译

译文 2　A Spring Morning

I overslept this morning in spring,
And everywhere I heard birds sing.
After one night of wind and showers,
Aground how many fallen flowers!

—吴扬才　王仁才　译

不难体会，“译文 1”读起来感觉不太流畅，而“译文 2”读起来则朗朗上口，无韵好还是有韵好，已见高下了。所以，许渊冲认为：“译诗如不传达原诗的音美，就不可能产生和原诗相似的效果；恰恰相反，用韵的音美有时反而有助于传达原诗的意美。这就是说，用韵固然可能因声损义，不用韵则一定因声损义，用韵损义的程度反比不用韵小。”① 我们不妨打个比方，押韵就好比贯珠的串子，可起到一定的组织作用，把涣散的声音联络贯穿起来成为一个完整的曲调。因为韵脚能使作者的思想回到前一行，也便于激发读者的联想，使其易于感到句与句之间的联系，增加诗歌易记、易唱的可能性。诗歌如果不押韵，特别是长诗如果不押韵，很容易使人觉得“散”，引起一种诵读疲劳感。

我们可以用英语自由创作，却不能用英语“自由”翻译，因为汉英是两种完全不同的语言，翻译要受到诸多限制。若想将汉语诗句直接译成英语，既合英语诗行结构又押韵，这种“巧合”几乎是没有的。况且，英语的同音

① 许渊冲：《翻译的艺术》，五洲传播出版社，2018，第 103 页。

词也比汉语的同音字少得多。要解决这个矛盾，以传达原诗之音美，就需要译者作一些技术处理。下面举例说明翻译家们为押韵而采用的一些方法。

一、改变意象以押韵

汉英两种语言文化、历史背景的差异是客观存在的，为了押韵，原诗传达的某些信息，在译诗中是可以作适当调整的，即可以改变意象（或叫改变说法），只要不与根本诗意相背就行。

[例一]

十三能织素，
十四学裁衣。
十五弹箜篌，
十六诵诗书。

——《孔雀东南飞》

At thirteen I began to work the loom;
At fourteen I learned to sew in the room.
At fifteen I played music with delight;
At sixteen I knew how to read and write.

—汪榕培　译

译者对这四句诗，没有完全照字面翻译，而是改变了意象，不但押了韵，而且生动形象地再现了原诗的意境并有效地传达了原诗的音律美。

“十三能织素，十四学裁衣。”如果把“织素”译成“weave white silk”，就难和下句的“room”押韵；而“work the loom”更贴切，表示操作织机，各种布都会织。“裁衣”若译成“cut out garments”也难和上句的“loom”押韵；而“sew in the room”与原诗意思完全相符。

“十五弹箜篌，十六诵诗书。”诗句中的“箜篌”是一种类似“harp”的东方竖琴，在西方没有对等物；“诗书”本指《诗经》和《尚书》，西方也没有相同的文化背景。译者把这两句改变了说法，分别译作“played music with delight”和“knew how to read and write”十分得体，“箜篌”和“诗书”虽然未在译文中出现，但译文未失主旨，英语读者一看就明白，且音韵流畅，是佳译。

［例二］

花开易见落难寻，
阶前愁煞葬花人；
独倚花锄泪暗洒，
洒上空枝见血痕。

——《红楼梦·葬花吟》

Blooming so steadfast, fallen so hard to find!
Beside the flowers' grave, with sorrowing mind,
The solitary Maid sheds many a tear,
Which on the boughs as bloody drops appear.

—大卫·霍克斯（David Hawkes）译

译者对这四句诗作了综合处理。第二句为了与“find”押韵，改变了说法，用两个介词短语作状语，意思与原来的诗句完全相同。四句诗译得很好，意境圆满，朗朗上口。不过，英文译本在此若再加一个注释就好了，因为，黛玉号“潇湘妃子”，此处用了“湘妃哭舜”之典，泣血染竹，血泪成斑。

［例三］独坐敬亭山

众鸟高飞尽，

孤云独去闲。

相看两不厌，

只有敬亭山。

——［唐］李白

Sitting Alone in Face of Peak Jingting

All birds have flown away, so high;

A lonely cloud drifts on, so free.

We are not tired, the Peak and I,

Nor I of him, nor he of me.

—许渊冲　译

这首诗被认为是诗人表现自己精神世界的佳作，表面上写独游敬亭山（在今安徽宣城市北）的情趣，而其表达的深含之意则是诗人生命历程中旷世的孤独感。全诗大意是：山中群鸟一只只高飞远去，天空中的最后一片白云也悠然飘走，敬亭山和我对视着，谁都看不够、看不厌，看来理解我的只有这敬亭山了。

译文全诗押abab韵，为使第三行与第一行押韵、第四行与第二行押韵，译者将最后两句诗改变了说法，没有照原诗意思分行直译，而是用意译法作了综合处理，增加了同位语“the Peak and I”，还用了倒装语序。其正常的完整句式是：

We, the Peak and I, are not tired (of each other),

Nor (am) I (tired) of him, nor (is) he (tired) of me.

由此可见，译者为了押韵，传递原诗之音美也算是绞尽了脑汁。

二、适当增加词语以押韵

[例一]

孔雀东南飞，
五里一徘徊。

——《孔雀东南飞》

The peacocks to the southeast fly,
For each five *li* they wheel ***on high***。

—黄福海 译

第二句译文为了与“fly”押韵，末尾增加了“on high”，补其意象之不足，与原诗句的深层含义相一致；既押了韵，又刚好构成四音步，一举两得，没有“画蛇添足”感，恰到好处。

[例二]

览冀州兮有余，
横四海兮焉穷。
思夫君兮太息，
极劳心兮忡忡。

——［战国］屈原《九歌·云中君》

Upon the land，oh！ you come ***with ease***；
You float over，oh！ and beyond four seas.
Longing for you，oh！ I can't but sigh；
My yearning heart，oh！ to you would fly.

—许渊冲 译

这四句原诗的大意是："俯瞰冀州啊还有其他所在，光芒照耀九州啊直到宇外八荒。月神啊！我如此思念你啊不由悠声长叹，每日忧心百姓啊神思不安。"译文第一句末尾增加了"with ease"这个短语，补充形容月神轻逸而来，无损原意，又与第二句押了韵。

［例三］

西施若解倾吴国，
越国亡来又是谁？

——［唐］罗隐《西施》

If Xishi is to be called to account—
For overturning the State of Wu,
When the State of *Yue* is subverted,
Who is responsible for it? ***Who***?

—徐忠杰　译

译文第四句末尾增加"who"，不但与第二句押了韵，还起到了强调作用，不会让读者觉得多余。

需要注意的是，增加词语不能过度。就是说，译者的再创作不能脱离原作，漫无边际；译文对原文中的每个词语都要有交代、有着落。衡量译文是否忠实于原作，其标准就是要经得起回译。回译虽不能字字、句句相等，但诗的基本意思不能改变；否则，就是增加词语过度了。且看：

江　南

江南可采莲，
莲叶何田田，
鱼戏莲叶间。

鱼戏莲叶东，

鱼戏莲叶西，

鱼戏莲叶南，

鱼戏莲叶北。

——汉乐府

Gathering Lotus

Let's gather lotus seed by southern river shore!
The lotus sways with teeming leaves we adore.
Among the leaves fish play and make love.
In the east they make love below and we above;
In the west they make love below and we above;
In the south they make love below and we above;
In the north they make love below and we above.

—许渊冲　译

很明显，此首诗的译文是经不起回译的。不排除莲池里有鱼儿在交欢，也不排除采莲者中有人在谈情说爱，但原诗中只有“鱼戏”二字，译作“fish play”就已到位了，不宜增加过多与原诗画面无关的词语。此诗有另译，可供读者参考：

In the South

Lotuses are gathered in the South,
With the fine leaves spreading out.
Underneath, the fishes dart about,
Sometimes eastward,
Sometimes westward,

Sometimes southward,

Sometimes northward.

—吴扬才 王仁才 译

三、变换语序以押韵

1. 宾语倒置

[例一]

念名利、憔悴长萦绊。

追往事，

空惨愁颜。

——［宋］柳永《戚氏》

Under the yoke of fame and wealth,
Languid，I've lost my health.
The bygones to retrace
Would grieve my worn-out face.

—许渊冲 译

[例二]

满纸荒唐言，

一把辛酸泪；

都云作者痴，

谁解其中味。

——《红楼梦·题石头记》

Pages full of fantastic talk
Penned with bitter tears,
All men call the author mad,
None ***his message*** hears.

—杨宪益 戴乃迭 译

2. **表语倒置**

[例一]

问讯湖边春色，
重来又是三年。

——［宋］张孝祥《西江月·问讯湖边春色》

Does the spring lakeside scene ***the same*** remain?
Three years have passed now that I come again.

—许渊冲 译

[例二]

青青河畔草，
郁郁园中柳。
盈盈楼上女，
皎皎当窗牖。

——无名氏《青青河畔草》

Green, ***green*** spreads the bank-side grass;
Lush, ***lush*** grow the garden willows.
Fine, ***fine*** stands upstairs the lass,

Fair, ***fair*** her shape behind the windows.

—汪榕培　译

3. 被动语态的过去分词倒置

水茫茫，

平沙雁，

旋惊散。

——［宋］柳永《迷神引》

Water spreads wide and far,

Wild geese alight on sandy bar

And scatter when ***startled*** they are.

—许渊冲　译

4. 状语倒置

［例一］

潮生理棹，

潮平系缆，

潮落浩歌归去。

——［宋］陆游《鹊桥仙》

My boat ***out*** goes

When the tide flows;

I tie my cables up when I see it subside;

I go home singing loudly at low tide.

—许渊冲　译

［例二］

抽刀断水水更流，

举杯消愁愁更愁。

——［唐］李白《宣州谢朓楼饯别校书叔云》

Cut running water with a sword，'twill ***faster*** flow；

Drink wine to drown your sorrow，it will **heavier** grow.

—许渊冲　译

第二句末尾的"heavier grow"是系表结构，与"faster flow"不仅构成了漂亮的对偶，也传递了原诗的音美。

［例三］

天听寂无音，

苍苍何处寻。

非高亦非远，

都只在人心。

——［宋］邵雍《天听吟》

The heavens are still：no sound.

Where then shall God be found?

Search not in distant skies，

In man's own heart He lies.

—翟理斯　译

5. 修饰名词的单个形容词后置

[例一]

庐山秀出南斗傍，
屏风九叠云锦张。

——［唐］李白《庐山谣寄卢侍御虚舟》

Lu Mountains tower high beside the Wain Stars ***bright***
Like a nine-paneled screen embroidered with clouds ***white***.

—许渊冲　译

[例二]

初景革绪风，
新阳改故阴。

——［南北朝］谢灵运《登池上楼》

The spring sun warms up winter ***cold***
When new season drives away the old.

—汪榕培　译

四、其他尾韵技巧

1. 跨行押韵

[例一]

蓬莱文章建安骨，

中间小谢又清发。

——［唐］李白《宣州谢朓楼饯别校书叔云》

Your writing's forcible like ancient poets ***while***

Mine is in Junior Xie's clear and spirited style.

—许渊冲 译

［例二］

满地黄花堆积，

憔悴损，

如今有谁堪摘？

守着窗儿，

独自怎生得黑？

——［宋］李清照《声声慢》

The ground is covered with yellow flowers,

Faded and fallen in showers.

Who will pick them up now?

Sitting alone at the window, ***how***

Could I but ***quicken***

The pace of darkness which won't thicken?

—许渊冲 译

2. **眼韵**

［例一］

畏我父母，

仲可怀也；
父母之言，
亦可畏也。

——《国风·郑风·将仲子》

It is my parents that I fear,
Much as I love you，dear,
How can I not be **afraid**
Of what my parents might have **said.**

—许渊冲　译

[例二]

虽则七襄，
不成报章。
睆彼牵牛，
不以服箱。

——《诗经·大东》

Though all day long they **move**,
They weave nothing **above.**
Bright is the Cowherd Star,
But it won't draw our car.

—许渊冲　译

3. **辅音韵**

愿奴胁下生双翼，

随花飞到天尽头。

天尽头，

何处有香丘？

——《红楼梦·葬花吟》

And then I wished I had wings to fly

After the drifting flowers across the sky:

Across the sky to the world's farthest ***end***,

The flowers' last fragrant resting-place to ***find***.

—大卫·霍克斯　译

五、尾韵之外的用韵

除尾韵外，在必要或可能的情况下，翻译家们也运用头韵、腰韵、谐韵等来增强诗句的音美效果。

1. **头韵**

头韵是增进英诗用韵密度的手段之一，因此，在汉诗英译的过程中，可以适当运用头韵，以增进译诗的音美。例如：

越鸟巢干后，

归飞体更轻。

——［唐］李商隐《晚晴》

The Southern birds find their nest again dry;

When ***they fly*** back, ***they feel their*** bodies light.

—许渊冲　译

在上面译文第二句的同一诗行里，译者连续使用了三个“th”头韵和两个“f”头韵，起到了加强节奏、渲染气氛的作用，读者似乎可以感觉到“越鸟”在“归飞”途中一折一折的矫健和轻盈的姿态。

汉语里面不存在头韵现象，只有“双声”（两个字声母相同）与之相近，因此，在汉诗英译时，遇到“双声”词，若采用英诗之头韵，往往颇具效果。例如：

蒹葭苍苍，

白露为霜。

——《诗经·蒹葭》

Reeds and ***rushes*** are deeply green,

And the white dew is turned into hoarfrost.

—理雅各　译

蒹（jiān）是没长穗的芦苇，葭（jiā）是初生的芦苇。别的译者都把“蒹葭”译作“Reeds”，只有理雅各把“蒹葭”译作“Reeds and rushes”，构成两个头韵“r”，增加了音美。“rushes”虽不是“葭”，但也是水草，不会影响基本意思的传译。

2. **腰韵**

腰韵，又叫诗行内韵，在英诗中比较常见。大概是因为英诗诗行的音节较多，如果只靠尾韵，则押韵的密度可能会过疏，从而起不到明显的押韵之功效。而腰韵（和头韵）正是一种很好的补救措施。例如：

一叶叶，

一声声，

空阶滴到明。

——［唐］温庭筠《更漏子·玉炉香》

Leaf on ***leaf*** without ***grief***,

Drop by ***drop*** without ***stop***,

They fall on vacant steps until the morrow.

—许渊冲　译

译者运用腰韵，不但构成了漂亮的对偶句，而且增强了诗歌的音乐美，还生动地描述了潇潇秋雨不理会闺中少妇深夜怀人的苦情，只管让雨珠洒在一张张梧桐叶上，滴落在窗外的石阶上，一直滴到天明，还没有休止。秋雨连绵不停，正如她的离情连绵无尽。

3. **谐韵**

谐韵也是英诗常见诗韵技法之一，在汉诗英译中的运用虽然不太多见，但其效果却颇为理想。例如：

天高云淡，

望断南飞雁。

——毛泽东《清平乐·六盘山》

The ***sky*** is ***high***, the clouds are ***light***,

The ***wild*** geese ***flying*** south out of ***sight***.

—许渊冲　译

译诗中的斜体词都含有元音［ai］，从而形成谐韵。两行译诗只有十六个单词，却有六个谐韵，并在诗句中巧施妙布，使译诗节奏感鲜明。此外，双元音［ai］开口度大、发音悠长，恰与原诗“淡”“雁”之阳刚音韵相吻合。谐韵之作用与功效，于此可见一斑。

第三节 因景因情——传达原诗之境美

意境是中国古典诗词中最独特的部分，属于灵魂性的存在。“境”或“境界”原指修行者领悟佛法所能达到的境地，语出佛经，后为南朝诗学借用，如刘勰《文心雕龙·隐秀》中评诗时就有“境玄思澹”之语，初见“意境”说之端倪。唐代王昌龄在其《诗格》中认为，诗有三境：一曰物境、二曰情境、三曰意境，[①] 首创了“意境”一词。到了清末，王国维在《人间词话》中说：“境非独谓景物也，喜怒哀乐，亦人心中之一境界。故能写真景物、真感情者，谓之有境界。否则谓之无境界。”[②]当代文艺理论家宗白华说：“意境是情与景（意象）的结晶品。”[③] 概括起来，意境就是指客观事物与诗词作家思想感情的和谐统一，在艺术表现中所创造的那种既不同于真实生活，却又可感可信并且情景交融、形神兼备的艺术境界。诗中的“意”包括作者的“情”和“理”，诗中的“境”指事物的“形”与“神”。所谓“意境”，即情、理、形、神的和谐统一。

译诗时，我们要译出诗魂，还可以通过诗句的平仄押韵、双声、叠韵、对仗、回文、反复、顶真、互文等的运用，达到意与境、情与景、心与物交融契合，诗中的图景与所表现的思想感情融为一体的艺术境界，正如美国作家戴维·福克纳（David Faulkner）所讲：“译者要进入作品，译出其字里行间的寓意（between the lines）、文字背后的精神（behind the lines）与言外

① 吴尚之：《古人谈读书》，团结出版社，2023，第 82 页。
② 王国维著，姜金元注评：《人间词话》，崇文书局，2018，第 14 页。
③ 宗白华：《宗白华全集》第 2 卷，安徽教育出版社，1994，第 358 页。

之意（beyond the lines），惟此，始能臻于意境美。”[①] 许渊冲先生以毕生的精力自始至终地贯彻了自己的翻译原则，完成了许多前无古人的上乘译作，我们再综合赏析几例他的杰译。

[例一]

昔我往矣，
杨柳依依。
今我来思，
雨雪霏霏。
行道迟迟，
载渴载饥。
我心伤悲，
莫知我哀！

——《诗经·采薇》

When I left here;
Willows shed tear.
I come back now;
Snow bends the bough.
Long，long the way；
Hard，hard the day.
Hunger and thirst；
Press me the worst.
My grief o'er flows.

① 承雨：《古诗词英译的意境美》，《文教资料》2010年第6期。

Who knows? Who knows?

—许渊冲 译

原诗讲述一位解甲退役的征夫，于阴雨霏霏、雪花纷纷的寒冬时节，在返乡途中徐徐独行时的所忆所思。“When I left here; Willows shed tear.”译者用拟人的手法，描述征夫离开家乡时，杨柳都为他流泪的感人情景，表现了人民对战争的厌恶和反感。多个译本中，只有许渊冲一个人这么翻译，他把原诗的意境上升到一个更高的层面。译文末尾用“Who knows? Who knows?”重复发问，把征夫“满心伤感满腔悲，我的哀痛谁体会!”的苦于征战、期望和平的心绪表现得淋漓尽致。

原诗每句押韵（不能用当今读音衡量《诗经》的音韵），一韵到底。译文则用二音步抑扬格、双韵体（aabb 式）再现了原诗的音美，其中第四、五、六句还押了头韵。

原诗是四个汉字一行的四言体，整齐美观，非常悦目。译者煞费苦心，用每行四个音节来对应原诗的四个汉字，第五、六句还用了对偶，谈何容易！

功夫不负有心人。许渊冲对翻译的追求和实践成果得到了世界翻译界的承认。2014 年 8 月，在德国柏林召开的第 20 届世界翻译大会会员代表大会上，国际翻译家联盟把当年的“北极光”杰出文学翻译奖颁发给了许渊冲。他获奖的代表译作之一就是《诗经》中的《采薇》。

[例二]

皇天无私阿兮，
览民德焉错辅。
夫维圣哲以茂行兮，
苟得用此下土。
瞻前而顾后兮，

相观民之计极。
夫孰非义而可用兮？
孰非善而可服？
阽余身而危死兮，
览余初其犹未悔。
不量凿而正枘兮，
固前修以菹醢。
曾歔欷余郁邑兮，
哀朕时之不当。
揽茹蕙以掩涕兮，
沾余襟之浪浪。
跪敷衽以陈辞兮，
耿吾既得此中正。
驷玉虬以乘鹥兮，
溘埃风余上征。
朝发轫于苍梧兮，
夕余至乎县圃。
欲少留此灵琐兮，
日忽忽其将暮。
吾令羲和弭节兮，
望崦嵫而勿迫。
路曼曼其修远兮，
吾将上下而求索。

——［战国］屈原《离骚》

Heaven august was fair and square，oh!

It gave to ministers their due.
Only the sages were employed there, oh!
They might rule o'er the land in view.
Looking before and after then, oh!
I find the rules for livelihood.
None would employ those unjust men, oh!
Nor obey those who are not good.
I've risked my life and braved death, oh!
I don't regret I've held my ground.
The sage would lose his life and breath, oh!
Like square pegs unfit for holes round.
Melancholy and sad I stay, oh!
Why live I at a time that grieves?
With soft grass I wipe tears away, oh!
Which have streamed down and wetted my sleeves.
I kneel aground and plead my case, oh!
My heart is glad to find the true.
Dragon and phoenix start my race, oh!
I rise on wind into the blue.
At dawn I leave the E'ergreen State, oh!
At dusk I reach the mountain's crest.
I halt before Celestial Gate, oh!
See the sun sink in the west.
I bid the Driver of the Sun, oh!
To Holy Mountain slowly go.
My way ahead's a long, long one, oh!

I'll seek my Beauty high and low.

—许渊冲 译

《离骚》是一篇屈原的政治生涯传记诗。此处摘录的这一小段表达了诗人欲使楚国强大而推行美政失败被贬后的悲伤、不悔，以及志在继续推行美政的坚定信念。“路曼曼其修远兮，吾将上下而求索”这句诗已经成为千古名句。

原诗比较深奥难懂，译者采用“浅化”译法，使译文既“适应”了源语言文化，传达出中国文化赋予的特色内涵，又“适应”了译语文化，使读者容易理解和接受。例如把“茹蕙”译作“soft grass”，把“苍梧”译作“the E'ergreen State”，把“县圃”译作“the mountain's crest”，把“灵琐”译作“Celestial Gate”，把“羲和”译作“the Driver of the Sun”，把“崦嵫”译作“Holy Mountain”，等等。把千古名句“路曼曼其修远兮，吾将上下而求索”译作“My way ahead's a long，long one，oh! I'll seek my Beauty high and low.”，以“Beauty”表示屈原的美政理想，也是“深入浅出”，使译语读者易于理解。

原诗段每四句为一小节，每小节中又由两个用“兮”字连接的若连若断的上下句组成，加上固定的偶句韵，使全诗一直在回环往复的旋律中进行，具有很强的节奏感。全段译文采用了“abab”的韵式，完全再现了原诗的音韵美。

《离骚》在语言形式上，突破了《诗经》以四字句为主的格局。此诗段原诗句每行六、七、八字不等，句法参差错落，灵活多变；统篇隔句句尾用“兮”字，句中则往往配以“以”“于”“乎”“而”等虚字，用来协调音节。译文全诗段每行多为八个音节，基本上可以看成四步抑扬格；也有三句诗行是七或九个音节，与原诗行的“参差错落”相适应。还有对偶句“At dawn I leave the E'ergreen State，oh! At dusk I reach the mountain's crest.”。而且，通篇以感叹词“oh”对应原诗中的“兮”，看似简单，实则不易。有些译者认为虚词“兮”字在诗中没有任何实际含义，故选择略而不译，或时译时不译，但许渊冲将所有的“兮”字，一个不落地译成“oh”，表明他认识到，“兮”字不仅是骚体诗的表征，而且还承载着诗歌深刻的情感与意境。总之，译文充分体现了原诗的视觉形式美，而这种视觉形式美，正通向诗歌的意境之美。

［例三］登　高

风急天高猿啸哀，
渚清沙白鸟飞回。
无边落木萧萧下，
不尽长江滚滚来。
万里悲秋常作客，
百年多病独登台。
艰难苦恨繁霜鬓，
潦倒新停浊酒杯。

——［唐］杜甫

On the Height

The wind so swift, the sky so wide, apes wail and cry;
Water so clear and beach so white, birds wheel and fly.
The boundless forest sheds its leaves shower by shower;
The endless river rolls its waves hour after hour.
A thousand miles from home, I'm grieved at autumn's plight;
Ill now and then for years, alone I'm on this height.
Living in times so hard, at frosted hair I pine;
Cast down by poverty, I have to give up wine.

—许渊冲　译

杜甫《登高》这首诗历来为人称道。胡应麟曰："此章五十六字，如海底珊瑚，瘦劲难移，沉深莫测，而精光万丈，力量万钧。通章章法、句法、字法，前无昔人，后无来学，此篇当为古今七言律第一，不必为唐人七言律第一也。"[①] 译者下足功夫，将诗人登高所见秋江景色，及其常年漂泊、老病孤愁的复杂感情化入译文中，译文也像原诗一样，动人心弦，使读者感到慷慨激越。

原诗按七言律诗的格律押韵（不能用当今普通话的读音衡量）。译文则以每行十二个音节对应七言，大体上以六步抑扬格对应原诗的平仄关系，双行押韵，有的行中还含有头韵、谐韵，再现了原诗的音韵美。

原诗最大的亮点在于形式上的对仗美体现诗歌的意境美。全诗通篇对仗，而且都是工对，给翻译带来极大的挑战，但译者不畏艰难，勇于应战，尽力而为，把原诗前面两联译文的形美推向了极致，乃至令人叫绝。

首联"风急天高猿啸哀，渚清沙白鸟飞回"中，"风急"对"渚清"，"天高"对"沙白"，"猿啸哀"对"鸟飞回"。此外，这两句又分别构成两个广义上的"句中对"，即"风急"对"天高"；"渚清"对"沙白"。而对句中的这个"句中对"很明显又是一个"借音对"："清"为"干净"之意，既然与对句中的"白"相对，便需要假借其同音字"青"以构成颜色类的"工对"。总的来说，这一联中对仗工稳，属于一个"工对"。又包含两个广义上的"句中对"和一个"借音对"，对得很美。且看译文：

The wind so swift, | the sky so wide, | apes wail and cry;

Water so clear | and beach so white, | birds wheel and fly.

译文以三个词组相对，而且也是名词对名词，形容词对形容词，动词对动词，很工整，夔州峡口风声猎猎，高猿长啸，鸟群迎风飞翔，真是一幅精美的图画。此外，为了以另一种形式体现原诗句的"句中对"，两句译文中还

① 傅德岷：《唐诗宋词鉴赏辞典》，巴蜀书社，2017，第 177 页。

各有两组实词押头韵，第一句："wind""wide""wail"和"swift""sky"；第二句"water" "white" "wheel"和"clear" "beach" "birds"，加强了韵美。

颔联"无边落木萧萧下，不尽长江滚滚来"中，"无边"与"不尽"属于否定副词类对仗，但二者在表情达意上都可以看作时空混合词语，所以又可以算一个时空对仗；"落木"属于"草木花果门"，"长江"属于"地理门"，严格意义上说是"宽对"；"萧萧"与"滚滚"是一组"叠字对"，叠字实际上是"双声叠韵"兼备，在听觉效果上兼有连续不断与婉转回环这两种特性，因而具有音律和谐的美感；动词"下"对"来"也十分工整。故这一联也属于"工对"。且看译文：

The boundless forest | sheds its leaves | shower by shower;

The endless river | rolls its waves | hour after hour.

译文以三个词组相对，对得严丝合缝，自然流畅。用"The boundless forest"对"The endless river"，完成了"时空对"。原联上句中的"落"和"萧萧"都是"草"字头，下句中的"江"和"滚滚"都是三点水旁。既有境美，又有音美、形美，传译难度极大。译者用"sheds its leaves shower by shower"对"rolls its waves hour after hour"，简直对得不着痕迹，妙不可言。以"shed"和"shower"押头韵，对应"草"字头；以"river" "roll"押头韵，对应"三点水"旁；另外，"shower by shower"与"萧萧"有谐"声"之美。此联译文可谓神来之笔，译者的功底之深厚，略见一斑。

古典诗词是我们中华民族文化宝库中的明珠，千百年来放射着夺眼耀目的光芒。如何将它译介到世界，还有待后人踏着前人的足迹，继续努力，不断探索，发扬光大，克服不足，以期取得更大的成绩。

第四节　遣词琢句——传达原诗之形美

所谓"形美"，是指诗歌的视觉形式美，包括诗行的多寡、长短、跨行，以及某些修辞的形式体现等。诗歌不同于其他文体，会给读者带来视觉上的冲击。诗歌的形式，并非一种花瓶式的摆设，而是表达诗情诗理的重要组成部分。如果译者忽略了诗歌的形式美，译诗便很难成功，或因形式上的归化失度而不能实现译诗的跨文化交际意义。

一、诗行的建构

诗行的长短要美观，何时长，何时短，有一定的规则。汉诗的"形美"是以"言"（相当于英诗的音节）来体现的，如"四言"诗、"五言"诗、"七言"诗等。英诗的"形美"则是以音步中的音节多少（不是字母多少）来体现的。

在一般情况下，译诗的音节数比汉诗的"言"（字数）要多出将近一倍，从而导致译诗诗行的视觉长度要大于汉诗诗行的长度。这方面的情况，使得译诗似乎难以完全再现汉诗的视觉形式美。然而，有时哪怕译诗诗行比原诗诗行长很多，只要译诗诗行的长短、排列、缩进等与原诗诗行实现一种对应（即哪怕译诗是原诗视觉形式上的扩展，只要比例不变），就可以说译诗实现了视觉形式上的等值。通常，五言诗被译成每行八个音节或十个音节，而七言诗则被译成每行十二个音节。下面举例说明：

［例一］鸟鸣涧

人闲桂花落，

夜静春山空。
月出惊山鸟，
时鸣春涧中。

——［唐］王维

The Dale of Singing Birds

Sweet laurel blooms fall unenjoyed;
Vague hills dissolve into night void.
The moonrise startles birds to sing;
Their twitters fill the dale with spring.

—许渊冲　译

原诗为五言绝句，译文每行八个音节，构成四步抑扬格，工整悦目，充分再现了原诗的形美。

［例二］蜀相

丞相祠堂何处寻，
锦官城外柏森森。
映阶碧草自春色，
隔叶黄鹂空好音。
三顾频烦天下计，
两朝开济老臣心。
出师未捷身先死，
长使英雄泪满襟。

——［唐］杜甫

The Premier of Shu

Where is the famous Premier's Temple to be found?
Outside the Town of Brocade with cypresses around.
In vain before the steps spring grows grass green and long,
And amid the leaves golden orioles sing their song.
Thrice the king visited him for the State's gains and pains;
He served heart and soul the kingdom during two reigns.
But he died before he accomplished his career.
How could heroes not wet their sleeves with tear on tear!

—许渊冲　译

原诗为七言律诗，译文除第五行为十三个音节外，其余各行都是十二个音节，基本上可以看成六步抑扬格，较好地再现了原诗的形美。

译文第五句中的“visited”一词本可缩略为“visit'd”，这样也就成了十二个音节，但译者疏忽了。有些时候，为了减少译句中的音节数，翻译家们常常使用这种缩略法，这是英诗行文所允许的，只要不造成意思含混就行。且看下面的举例：

1. 'd = ed

荏染柔木，
君子树之。

——《诗经·巧言》

The supple tree
Plant***'d*** by the good.

—许渊冲　译

顺便说一下，词尾“-ed”紧接在音素［t］［d］之后在散文中并不构成音节，而在诗行中则构成音节，读作“[-id]”。又如“called”“kissed”“proved”，便都成了两个音节。因此，有时由于音步的需要，为省音节，就要写作“call'd”“kiss'd”“prov'd”等。

2. e'en = even

力拔山兮气盖世。

时不利兮骓不逝。

——[秦] 项羽《垓下歌》

I could lift a mount and quell the world,

But ***e'en*** my steed fails me at times absurd.

—汪榕培　译

3. e'er = ever

报以介福，

万寿无疆。

——《诗经·楚茨》

Receive blessing divine,

Live long and be ***e'er*** gay!

—许渊冲　译

4. fore'er = forever

投我以木李，

报之以琼玖。

匪报也，

永以为好也。

——《诗经·木瓜》

She shows a plum to me;

I give her jasper fair

Not in return, you see,

But to show love ***fore'er***.

—许渊冲 译

末句使用 fore'er 既省了音节，也押了韵。

5. 'neath = beneath

月落乌啼霜满天，

江枫渔火对愁眠。

——［唐］张继《枫桥夜泊》

The moon goes down, crows cry under the frosty sky,

Dimly-lit fishing boats ***'neath*** maples sadly lie,

—许渊冲 译

6. ne'er = never

人生几何时，

怀忧终年岁。

——［汉］蔡琰《悲愤诗》

I do not know how long my life may last,

But I know that grief will ***ne'er*** be past.

—汪榕培 译

我们认为，上句是十个音节，构成五步抑扬格；下句的“never”不省略则正好十个音节，可能是译者疏忽了。如果依下句，上句就得改为“I know not how long my life may last”。

7. o'er = over

相去万余里，

各在天一涯。

——［汉］佚名《古诗十九首·行行重行行》

You are away ***o'er*** ten thousand *li*,

A world apart between you and me.

—汪榕培　译

8. th' = the

杨柳青青江水平，

闻郎江上唱歌声。

——［唐］刘禹锡《竹枝词二首·其一》

The willows green on ***th'*** bank, and ***th'*** river clear.

My swain on ***th'*** river singing I do hear.

—何功杰　译

9. 'tis = it is

如翚斯飞，

君子攸跻。

——《诗经·斯干》

'Tis the abode

Fit for our lord.

—许渊冲　译

10. 'twas = it was

时无桑中契，

迫此路侧人。

——［魏晋］繁钦《定情诗》

We never went on any rendezvous;

'Twas on the road that I encountered you.

—汪榕培　译

11. 'twill = it will

更能消、几番风雨，

匆匆春又归去。

——［宋］辛弃疾《摸鱼儿》

How much more can spring bear of wind and rain?

Too hastily ***'twill*** leave again.

—许渊冲　译

12. 'twould = it would

不知天上宫阙，

今夕是何年。

——［宋］苏轼《水调歌头》

I do not know what time of year

'Twould be tonight in the palace on high.

—许渊冲　译

13. up'n = upon

东皋薄暮望，

徙倚欲何依。

树树皆秋色，

山山唯落晖。

——［唐］王绩《野望》

In Donggao，evening is approaching.

Pacing ***up'n*** down，on what do my hope rest?

Each tree shows the sombre hue of autumn.

Each hill reflects faint sunlight from the west.

—徐忠杰　译

14. whate'er ＝ whatever

有狐绥绥，

在彼淇侧。

心之忧矣，

之子无服。

——《诗经·有狐》

Like lonely fox he goes

By riverside o'er there.

My heart sad and drear grows：

He has no dress ***whate'er.***

—许渊冲　译

末句使用 whate'er 既省了音节，也押了韵。

15. whene'er ＝ whenever

每登山临水，

惹起平生心事。

——［宋］柳永《曲玉管》

Whene'er I gaze on hills and streams,

I can't forget my vanished dreams.

—许渊冲　译

16. wher'er = wherever

长亭长在眼，

更重重、远水孤云。

但望极楼高，

尽日目断王孙。

——［宋］韩缜《凤箫吟》

Wher'er I go, I see her tearful eyes still beam

Beneath a lonely cloud and beyond stream on stream.

All day long she would strain her eye

Though she can't see me from the tower high.

—许渊冲　译

视觉形式美的传译，还有诗、词之别。诗大多表现为一种视觉上的整齐美和对称美，相对缺乏错综美；词则大多表现为一种视觉上的错综美和对称美，相对缺乏整齐美。整齐之所以为美，是因为它能能给人以和谐感和秩序感；对称之所以为美，是因为它能给人以稳定感和均衡感；错综之所以为美，是因为它能给人以多样感和荡漾感。整齐也好，对称也好，错综也好，都符合美学的原理，并给人以赏心悦目的审美感受。因此，作为诗之别体的词，对其视觉形式美，译家在译文里面自当有所体现。例如：

减字木兰花·春情

画桥流水，

雨湿落红飞不起。

月破黄昏，
帘里余香马上闻。

徘徊不语，
今夜梦魂何处去？
不似垂杨，
犹解飞花入洞房。

——［宋］王安国

Tune：Shortened Form of Magnolia Flowers

'Neath painted bridge water flows by；
No fallen flowers wet with rain can ever fly.
At dusk the moon is seen；
On horse I still smell the fragrance behind the screen.

Silently lingering around，
Where will my dreaming soul tonight be found?
Unlike the weeping willow，
Whose down will fly into her room and on her pillow.

—许渊冲 译

原词定格双调，共四十四字。上下阕各四句，两仄韵，两平韵。每阕都是一、三句为四字，二、四句为七字，在视觉上，既有整齐美，又有错落美。译文则采用双行押韵，每段一、三句低格排列，基本上再现了原词的视觉形式美。

二、对仗的传译

对仗是律诗格律的必备因素，也是词、曲、赋、楹联格律的重要因素。无可否认，它为中国古典诗歌增添了视觉美和艺术感染力。可是，由于中英语言和文化存在巨大差异，要想原汁原味地将汉诗中的对仗译成英文，几乎是不可能的。的确，不是所有的对仗都可以译成英文，即便译了，也不是毫无缺漏。不过，事在人为，由于英诗也有对偶句（couplets），虽不是格律的必备因素，但为汉诗对仗的英译提供了可能性和可接受性。长期以来，为实现对仗的英译，翻译家们进行了积极的尝试，付出了不懈的努力，也不乏成功之例。

［例一］

青山横北郭，
白水绕东城。

——［唐］李白《送友人》

Green mountains bar the northern sky,
White water girds the eastern town.

—许渊冲　译

原诗每一行有五个汉字，是一组对仗工整的平行句式。“青”对“白”，都是形容词；“山”对“水”，都是名词；“横”对“绕”，都是动词；“北”对“东”，都是方位词；“郭”对“城”，都是名词。在这两句诗中，青山、白水、北郭、东城构成了一幅美丽的图画。

译文每一行工整地包含八个音节，与原诗中每行五个汉字相对应，构成标准的四步抑扬格。译文也做到形容词对形容词，名词对名词，动词对动词，方位词对方位词，成功地传译了原诗的形美。

[例二]

潮平两岸阔，

风正一帆悬。

——［唐］王湾《次北固山下》

The banks seem wide at the full tide;

A sail with ease hangs in soft breeze.

—许渊冲 译

原诗对仗悦目，取象宏大，江水漫涨，崖岸宽阔，和风劲吹，船帆鼓起，何其壮也。

译文在传译原诗境美的同时，用八个音节大致构成四步抑扬格，基本实现了形美。但以“The banks”对“A sail”，“at the full tide”对“in soft breeze”，只部分传译了原诗句的对仗美，而且没有押韵，尚有加工的余地。我们改译如下，可供参考：

The banks at ***high tide*** seem so ***wide***;

A ***sail*** in ***soft*** breeze enjoys'ts ride.

改译仍是八个音节，不但实现了对仗的完全传译，而且押了韵。第一句中用了谐韵（“high”“tide”“wide”三词都含元音［ai］）；第二句中用了头韵（“sail”“soft”二词都含辅音［s］）。

[例三]

大漠孤烟直，

长河落日圆。

——［唐］王维《使至塞上》

In boundless desert lonely smoke rises straight;

Over endless river the sun sinks round.

—许渊冲 译

原诗对仗工整，全首译诗描绘了边陲大漠中壮阔雄奇的景象，用字极其简练，一个“直”字点出了整个画面的中心，一个“圆”字准确地道出了河上落日的景色特点。因此，这两句诗被后人称为“千古壮观”的名句。

译文达意准确，但对仗还有点欠缺，即“lonely smoke”和“the sun”在结构上不太对称，上下两句的音节也不相等。我们试改译如下，供读者参考：

In boundless desert the smoke rises lone and straight;

Over endless ***river*** the ***sun sinks red*** and ***round***.

改译后，“the smoke”对“the sun”，“rises”对“sinks”，“lone and straight”对“red and round”，两句都是十二个音节，这样就显得很对称了；而且，下句还包括两组头韵，即“river”“red”“round”和“sun”“sinks”。

［例四］

霜落熊升树，

林空鹿饮溪。

——［宋］梅尧臣《鲁山山行》

Bears climb on leafless trees;

Deer drink at trackless streams.

—许渊冲 译

原诗描绘了一幅秋天的山景：霜落了下来，隐隐约约好像看见熊在爬树，鹿在喝水。工整的对仗给人以独特的视觉感受，让读者如临其境。

译文每行也用五个英语单词（六个音节）对应原诗句的五个汉字，再现了原诗的整齐美，真是独具匠心。只是在达意方面，少了一个“霜”字，稍显不足。固然，“leafless”可以暗示“山林因霜冻而变得叶落树秃”了，但总觉得不及用“frosted trees”达意更确切。

[例五]

千山鸟飞绝，
万径人踪灭。

——［唐］柳宗元《江雪》

From hill to hill no bird in flight;
From path to path no man in sight.

—许渊冲　译

《江雪》是一首仄声五言绝句。诗的前两句描绘了一幅天寒地冻、千山素裹、万径潜形、鸟不离巢、人不出户的雪景图。

译文改变说法，译出了诗意，重现了原诗的风貌，用标准的四步抑扬格传译了原诗句的视觉形式美，诗行匀称整齐，而且音韵合拍和谐，算是佳译。

[例六]

沉舟侧畔千帆过，
病树前头万木春。

——［唐］刘禹锡《酬乐天扬州初逢席上见赠》

A thousand sails pass by the side of sunken ship;
Ten thousand flowers bloom ahead of injured tree.

—许渊冲　译

原诗句对仗工整，蕴含着丰富的人生哲理，所以成为流传千古的名句。

译文不但在字面和意思上与原作等值，而且用六步抑扬格将此对仗句式传译得几乎不留痕迹，实属不易。

[例七]

抽刀断水水更流，
举杯消愁愁更愁。

——[唐] 李白《宣州谢朓楼饯别校书叔云》

Drawing sword，cut into water，water again flows.
Raise up，quench sorrow，sorrow again sorrow.

—埃兹拉·庞德 译

原诗属于古风体的对偶句（与英诗中的 couplets 相似），不是律诗中的对仗。不过，此联诗句所用的比喻显得奇特而富有创造性，语言豪放自然，深刻地表现了诗人因理想与现实之间不可调和的矛盾而感到苦闷的心情，也是千百年来描绘愁绪的名言。

埃兹拉·庞德从中国古典诗歌、日本俳句中生发出“诗歌意象”的理论，翻译了不少的中国古典诗词，还翻得很有特色。上面的译文，就是他按照中国诗人的思维方式翻译的，让外国读者了解到中国古诗词的美，为东西方诗歌的互相借鉴作出了贡献。许渊冲对李白的这两句诗，作过不同的翻译，可供参考：

Cut running water with a sword，'twill faster flow；
Drink wine to drown your sorrow，it will heavier grow.

附：常见词牌英译

词始于隋，继于唐，盛于宋，是一种脍炙人口的文学表达形式，历来为人们所钟爱。词本来是为配乐歌唱而写的诗。由于它是用来配乐歌唱的，所以每首词都有过一个乐谱。每个乐谱都必定属于某种词调（类似今天的C调、G调之类）。每种词调都有一个名称，如《西江月》《清平乐》等，这个名称就叫“词牌”。词牌名本来与该词的内容是一致的，可后来，词牌与乐谱原来相配的词的内容不相关了，作者填词时，只视哪种词调形式更符合自己的需要，可以不去考虑词牌名称的原有含义和原来词曲的内容，形成了一种独特的文学形式。

为把中华文化中这一绮丽的瑰宝译介到国外，不少译者进行了大量开拓性的艰辛劳动，其中不乏精美传神到令人叹为观止之作。虽然词牌与词的内容发生了分离，但是将词牌译成英文时，却不能不考虑它的历史来源及其含义。翻译一个词牌时，通常要在前面先加上“Tune:”或“To the Tune of”，然后再紧接词牌的译文。例如：“雨霖铃”作“Tune: Bells Ringing in the Rain”，“鹧鸪天”作“To the Tune of Partridge Sky”等。

词牌名众多，不同译法所能达到的效果不可能一样。多种译法并存反映出不同译法的利弊，没有一种译法是尽善尽美的。下面就其常见的英译方法作如下简介。

(1) 直译，即逐字进行翻译。例如：

青玉案 Green Jade Bowl

浣溪沙 Wash Stream Sands

直译法看重字面语言的转换，但不能充分反映原词牌的文化内涵，从而不能使译语读者获取更多的信息。

(2) 意译，即把词牌名的意思表达出来。例如：

声声慢 Forlorn

相见欢 Joy at Meeting

意译法传达原词牌的相关信息最为充分，但也有不足之处。首先，意译法对词牌这一特殊形式无法作出反映，致使词的体裁特色无法得到体现，英语读者会产生错觉，误以为词与其他形式的诗歌并无二致。其次，意译法要求译者用一个或几个词把内容概括得恰到好处也并非易事。比如将“声声慢”译为“Forlorn”就未必确切完美。

如果英语中有文化背景等值或相近的词语，用来翻译词牌是较为合适的，例如“何满子”又名“断肠词”。相传，唐武宗宠爱孟才人，后武宗病重，想让孟才人以死相殉，孟泣请歌一曲，唱的就是“何满子”，只是她歌声未落已肠断而殒。据西方传说，天鹅临死前要唱一曲甜美的歌，故以“Swan-Song”译“何满子”，既传达了原诗类似的信息，又易为译语读者所理解，是最理想的。

(3) 音译，即用汉语拼音拼写出来，书写形式或有不同。例如：

“雨霖铃”拼作“Yu Lin Ling”或“Yulinling”

音译法最容易，但实际上起不到翻译应有的作用，以拼音形式表达的语言符号无法说明形式与内容之间的任何联系。比如“Yu Lin Ling”表示什么？人名？地名？事物？直接音译会使读者，特别是国外读者如坠云里雾中，不知所云。

不过，在文化模因传播的过程中，也有很多音译成功的实例。如“祝英台近”就可译为“ Slow Song of Zhu Yingtai”，因为“Zhu Yingtai”作为一个强势模因已经在英语文化中被接受，已成为外国人耳熟能详的人物。

又如 2020 年，“Yi Jian Mei”（“一剪梅”）在欧美爆红，歌词里的“XUE HUA PIAO PIAO，BEI FENG XIAO XIAO”（雪花飘飘，北风萧萧）竟成了欧美年轻人的一个流行梗，还被收录进俚语词典。可见，强势模因也可以使某些汉语音译词汇为译语文化所接受。

(4) 音译＋意译，即不完全用汉语拼音拼写，后面加上一个（或几个）意译词。这样，比完全用汉语拼音要好些，译语读者可以根据意译词来理解音译词的大意。例如：

唐多令 Tang Duo Song

(5) 音译＋注释，即在音译词牌的基础上同时译出其意思。例如：

江城子 Tune：Jiang Cheng Zi（Dream on the Night of the 30th Day of the 1st Month in 1705）

结合音译适当加注不失为一种内容形式兼顾的方法。但所加的注要准确简洁，不能喧宾夺主。过详的注释会影响读者对词本身的欣赏，冲淡整体意境感。

总之，直译法、音译法的功能相对有限，采用这两种方法是不得已而为之。加注法是由于其他译法无法达到目的而采取的补救措施。比较有效而合理的方法则是意译法。意译法既能较好地传达源语词牌所包含的信息、风格和文化内涵，又能使译语读者在较大程度上获得关于原词牌较多的理解和一定的审美体验。我们现将部分常见词牌名以汉语拼音为序（英译随后）列举出来，供读者查阅参考（少部分是别名）。

暗香 Gloomy Fragrance

暗香疏影 Gloomy Fragrance & Sparse Shadows

八归 Eight Returns

八六子 Song of Eight and Six

八声甘州 Ba Sheng Gan Zhou /Eight Beats of Ganzhou Song

拜星月慢 Slow Song of Worship of the Moon and Stars

半死桐 Ban Si Tong（Half-Dead Parasol）

薄幸 Betrayed Spring

宝鼎现 Bao Ding Xian/Precious Tripod

卜算子 Bu Suan Zi/Divination/the Diviner/Song of Divination

卜算子慢 Slow Song of Divination

采莲令 Song of Lotus-Gathering

采桑子 Gathering Mulberry Leaves

钗头凤 Phoenix Hairpin

长亭怨慢 Complaint of the Pavilion of Adieu

长相思 Everlasting Longing

杵声齐/捣练子 Song of Broken Chains

翠楼吟 Song of Emerald Tower

淡黄柳 Pale Golden Willow

叨叨令 Chattering Song

点绛唇 Rouged Lips

蝶恋花 Butterflies in Love with Flowers

定风波 Calming the Waves

洞仙歌 Song of a Fairy in the Cave

多丽 Much Beauty

风流子 Song of Gallantry

风入松 Wind Through Pines

凤凰台上忆吹箫 Playing Flute Recalled on Phoenix Terrace

凤栖梧 Phoenix Perching on Plane Tree

凤箫吟 Song of Phoenix Flute

甘州 Gan Zhou

高阳台 the Sunny High Tower

更漏子 Song of Water Clock at Night

关河令 Song of Hill and Rill

桂枝香 Fragrance of Laurel Branch

过秦楼 Passing the Qin Tower

汉宫春 Spring in Han Palace

好事近 Song of Good Event

何满子 the Swan-Song

河传 From the River

荷叶杯 Cup of a Lotus Leaf

贺新郎 Congratulating the Bridegroom

横塘路/青玉案 Green Jade Cup

浣溪沙 Silk-Washing Stream

减字木兰花 Shortened Form of Magnolia Flowers

剑器近 Song of the Sword

江城子 a Riverside Town

解连环 Double Rings Unchained

锦缠道 the Way of Brocade

酒泉子 Fountain of Wine

兰陵王 Sovereign of Wine

浪淘沙 Song of Sand-Sifting Waves

浪淘沙慢 Slow Song of Sand-Sifting Waves

酹江月 Charm of a Maiden Singer

离亭燕 Swallow Leaving Pavilion

临江仙 Song of Riverside Daffodils

临江仙慢 Slow Song of Riverside Daffodils

留春令 Delaying Spring's Departure

柳梢青 Green Tip of Willow Branch

柳枝词 Willow Branch Song

六丑 Six Toughies

六幺令 Song of the Green Waist

六州歌头 Song of the Six States

绿头鸭 the Green-Headed Duck

满江红 the River All Red

满庭芳 Courtyard Full of Fragrance

眉妩 Lovely Eyebrows

梅花引 Song of Mume Flowers

迷神引 Song of Mysterious Goddess

摸鱼儿 Groping for Fish

陌上花 Flowers Along the Path

木兰花 Magnolia Flower

木兰花慢 Slow Tune of Magnolia

南歌子 a Southern Song

南乡子 Song of the Southern Country

念奴娇 Charm of a Maiden Singer

破阵子 Dance of the Cavalry

菩萨蛮 Buddha-Like Dancer/Buddhist Dancer

戚氏 a Cheerless Lady

齐天乐 a Skyful of Joy

绮罗春 Perfume of Silk Dress

千秋岁 a Thousand Autumns

千秋岁引 Prelude to a Thousand Autumns

沁园春 Spring in a Pleasure Garden

青门引 Song of Green Doors

青门饮 Drinking at Green Door

清平乐 Pure Serene Music

庆宫春 Celebrating Palace Spring

秋波媚 Charming Glance

曲游春 Spring Excursion

曲玉管 Crooked Jade Flute

鹊桥仙 Immortal at the Magpie Bridge

鹊踏枝 the Magpie on a Branch

如梦令 Like a Dream

阮郎归 the Lover's Return

瑞鹤仙 the Immortal Crane

瑞龙吟 Auspicious Dragon Chant

瑞鹧鸪 the Lucky Partridge

三姝媚 Three Graces

山亭柳 Willow by Mountainside Pavilion

少年游 the Young's Outing/Wandering while Young

生查子 Mountain Hawthorn

声声慢 Slow，Slow Song/Tune

十六字令 Song of Sixteen Words

石州慢 Slow Song of the Stone State

疏影 Sparse Shadows

双双燕 a Pair of Sparrows

霜天晓角 Frosty Sky and Morning Horn

霜叶飞 Frost-Bitten Leaves in Flight

水调歌头 Prelude to Water Melody

水龙吟 Water Dragon Chant

思远人 Thinking of the Far-off One

苏幕遮 Water-Bag Dance

诉衷情 Telling of Innermost Feeling

诉衷情近 Slow Song of Telling Innermost Feelings

踏莎行 Treading on Grass

摊破浣溪沙 Broken Form of Sand of Silk-Washing Stream

唐多令 Tang Duo Song

桃园/源忆故人 Old Friend Remembered at Peach Garden

天净沙 Clear Sky over the Sand

天仙子 Song of Immortal

天香 Celestial Fragrance

调笑令 Song of Flirtation/Teasing Song

望海潮 Watching the Tidal Bore

望江南 Dreaming of the Southern Shore

武陵春 Spring in Peach-Blossom Land

惜分飞 Separation Regretted

西河 the West River

惜黄花慢 Slow Song of Yellow Flowers Regretted

西江月 the Moon over the West River

喜迁莺 Migrant Oriole

湘春夜月 Spring Moon in the South

相见欢 Joy at Meeting

小重山 Manifold Little Hills

谢池春 Spring in Xie's Pool

眼儿媚 Fascinating Eyes

燕山亭 Hillside Pavilion

扬州慢 Slow Song of Yangzhou

夜半乐 Midnight Joy

夜飞鹊 Magpie Flying at Night

夜合花 Night Flower

谒金门 Paying Homage at the Golden Gate

夜游宫 Nightly Visited Palace

一丛花令 Song of Flower Shrub

一剪梅 a Twig of Mume Blossoms

忆帝京 Imperial Capital Recalled

忆江南 the South Recalled

忆秦娥 Dream of a Maid of Honor/the Moon over the Qin Bower

忆王孙 the Prince Recalled

莺啼序 Prelude to Orioles' Crow

永遇乐 Joy of Eternal Union

渔父 Fisherman

渔歌子 a Fisherman's Song

渔家傲 Pride of Fishermen

虞美人 the Beautiful Lady Yu

雨霖铃 Bells Ringing in Rain

尉迟 Yuchi Cup

玉蝴蝶 Jade Butterfly

御街行 Song of the Royal Street

玉楼春 Spring in Jade Pavilion

怨王孙 Complaint of the Prince

折柳曲 Breaking off Willow Twigs

鹧鸪天 Partridge Sky

昼夜乐 Joy of Day and Night

竹马子 Song of Hobby Horse

烛影摇红 Flickering Red Candle

竹枝词 Bamboo Branch Song

祝英台近 Slow Song of Zhu Yingtai

子夜歌 Midnight Song

醉垂鞭 Drunk with Whip Unused

最高楼 the Highest Tower

醉花阴 Tipsy in the Flower's Shade

第六章

汉语古典诗词翻译中不可译现象探讨

第一节 汉语古典诗词翻译中的可译性与不可译性

随着中西文化的不断交流和传播，汉语古典诗歌英译受到了中西翻译家的重视。关于诗词是否可译的讨论由来已久，至今没有定论。参与讨论的中外诗人、翻译家、翻译理论家，基本上分为“可译”和“不可译”两大派。

持可译观点者认为诗词完全不可译的观点太绝对、不合实际，可以从原理和实践两个方面来证明诗词能被翻译，人类不同民族的生活和文化等各个方面都存在着共性。第一，人类在语言主题上有共同的生理和心理特征，语言是一种交流工具，是现实世界的反映，也是一种受人体基因控制的生理表达形式，相同的人类语言基因，决定了相同的人类语言的基本特征，而在主观和客观世界里存在的许多共同之处使语言能被互相翻译，诗词也不例外。第二，人类有共同的社会实践活动，在认识世界和改造世界方面都有其共性，根据《礼记集解》记载：“诗，言其志也。”① 所以诗歌是人类表达自己情感的一种独特的方式。而各种情感是人类所共有的。第三，所有语言必有其共同的语言基础和结构，有主语、谓语、宾语等，尽管不同语言的诗词的形式和音韵千差万别，但诗词都有同样的结构和原则。第四，语言所描述的客体，如自然界、社会生活、人类情感等都有其共同特征，诗词是一种托物言志、抒发情感、高度凝练的文学作品形式，人类思想的共性决定了诗词中的思想感情可以通过不同语言的交流来引起共鸣。第五，科技的发展，信息时代的进步，使各国文化交流不断加深，人类共识不断增强。就文化来说，诗词之

① 孙希旦：《礼记集解》，中华书局，1989 年，第 1006 页。

所以可译是因为诗词是人类文化活动的一部分，虽然各种文化和语言都各不相同，但是人类的活动有共通之处，而且大量的翻译实践证明，诗词并不是完全不可被翻译的。

持不可译观点者认为，诗词独具中国传统文化艺术形态的特点和受语言及文化因素的影响，使译诗无法将诗词所蕴含的形式内容及情感再现，造成了语言之间的翻译障碍，诗词的不可译性可以从以下两个方面来讨论。

（1）语言方面。第一，因为不同的语言都有它们各自的词汇，一种语言中有些词语在另一种语言中很难找到对等的表达，只能借助音译。由于文化、价值观、意识形态的不同，一些词语在中英文中的意义是不同的，甚至截然相反。第二，不同的语言都有它们独特的语法结构，很难完全对等地传达另一种语言中的结构。第三，不同民族在音系、语义和结构上存在着巨大的差异，英语属于印欧语系，而汉语属于汉藏语系，两种语言在语音系统、字形结构、造句谋篇上都有各自的特点。英语是一种重音语言，有明显的重音和非重音；而汉语是一种音调语言，以不同的声调来区别不同意思，语音系统差别造成了语音审美观念上的巨大差异，诗词中的节奏、音步、押韵、回文、双关、特有的字形结构很难移植，这些翻译中不可逾越的鸿沟，造成了翻译中的不可译现象。第四，中国古典诗词是一种特殊的艺术形式，语言往往使用韵律、修辞等方式来增加作品的魅力，一旦翻译，诗词中这些由语言形式表现的含义就可能会被忽略掉，这样定会有损源语言的特征。

（2）文化方面。每个民族都有自己独特的文化，翻译活动本身就是一种跨文化交际活动，在此过程中，译者能否准确地认知原作所传达的信息、意境和美感取决于译者能否理解不同文化和行为习惯，社会结构、社会概念、社会习俗、宗教概念和宗教文化深深地影响个人的知识结构和对外部世界的感知，同样的语言符号由不同文化背景的人来理解并翻译，结果可能大相径庭。此外，从思维方式和心理特征来考虑，欧美作家受亚里士多德逻辑的影响，思维缜密严谨，性格豁达，写作风格直率坦诚、开门见山。中国作家因受儒家思想的影响，写作风格细腻委婉、含蓄蕴藉，中国诗词通过创造意象和意境来传达思想感情，而西方诗歌则重视理性的逻辑分析，进行写实性的描写刻画。这些思维方式上的差别也造成了诗词翻译的巨大难度。

而我们认为，诗词翻译是一个充满可译性与不可译性的辩证实体，简言之，可译性和不可译性是辩证的。可译性和不可译性都是相对的，不是绝对的，完全不可译是很少见的。也就是说，诗词虽然很难翻译，但并不是不可能翻译。可译性和不可译性折射了语言和文化的一般性和差异性，它们作为一对矛盾同时存在于诗词翻译中。当可译性因素较大时，翻译的难度就相对小些，反之则大些。可见，对于诗词的可译与不可译问题，我们要辩证地、历史地看待，要从整体上看，不能因为诗词某些方面的不可译性就否认了诗词作为一个整体的可译性。

第二节　相对的不可译性

汉语古典诗词确实存在一定程度的不可译性，这主要是指语言和文化等方面存在某些障碍，翻译难度极大，但并不意味着完全无法被翻译。对于语言和文化方面的不可译因素，我们如果是从整体出发，不拘泥于各个因素的本身，那么，可以通过补偿手段将原文中不能翻译出来的单个要素，在复合的整体中表现出来。

当语言中出现词汇空缺，为了转达原文中表示特有事物的词语所包含的实物意义，不得不牺牲其民族或历史特色时，就可采用近似翻译，用外延较宽的类概念翻译外延较窄的种概念，或用能引起译文读者类似感受的言语加以描写、说明、解释。

如果译文中与原文表示特有事物的相应词语不能在语义及色彩上切合时，

我们可以依据上下文进行翻译，力争在较高的言语层次上寻求与原文基本等值。在这里，某一言语层次上失去的语义、语用或修辞等语言特征，能够在其他较高的层次上得到体现和补偿。同样，文化上的不可译因素也可以通过补偿手段进行处理。因此，只有不可译的部分，没有不可译的全文。下面，让我们列举一些实例，就某些看似不可译的因素，如何经过译者的主观努力，而达到了部分可译，乃至完全可译。

一、语言修辞方面的难译因素

(一) 双关

双关就是利用一个词语的多重含义同时兼顾两种不同事物，引起人们联想的修辞方式。这是译者最感棘手的问题之一。

[例一]

相见时难别亦难，
东风无力百花残。
春蚕到死丝方尽，
蜡炬成灰泪始干。

——［唐］李商隐《无题》

诗中的“春蚕到死丝方尽，蜡炬成灰泪始干”是千古传诵的名句，“丝”和“思”是谐音双关，暗含诗人对情人的相思之情，同时烛泪与眼泪意思相关，暗含诗人相思之泪不绝。双关的运用，使言在意外，达到婉曲的效果，对于抒写不便言明之情最为妙。这种刻骨铭心的柔情，通过春蚕的形象，让人看得更加真切，感人的力量也更加深厚。但如何把“丝”谐“思”这一修辞手法在译文中再现出来，译者会感到困难重重。

（1）林健民译

'Tis excitedly unbearable to meet as well as to depart;
Easterly wind weakens while all kinds of flowers faded.
Spring silkworm died after it ended fibre productions;
A candle turns to ashes when shedding of tears dries up.

对第三句诗，林译用了过去时，似乎“春蚕吐丝”是一次性的个别现象，发生即结束，这偏离了原诗的要义，而且没有体现“丝”谐“思”的双关用法。

（2）卓振英译

'Tis hard for us to meet but separation's harder still.
When breezes languish fall and wither all the flowers will.
The silkworm ceases not to spin her thread before she's dead
Unless burnt to ashes endless tears a candle'll shed.

卓译达意较好，但没有表现出“丝”与“思”的双关用法。

（3）许渊冲译

It's difficult for us to meet and hard to part;
The east wind is too weak to revive flowers dead.
Spring silkworm till its death spins silk from lovesick heart,
Red candles but when burned up have tears to shed.

许译用“silk”译“丝”，又用“lovesick”译“思”，虽不是同一个单词的双关意义，但两词中含有［s］音，且“silk”和“lovesick”有某些形似，部分传达了原文双关的用法。

［例二］

杨柳青青江水平，
闻郎江上唱歌声。
东边日出西边雨，

道是无晴却有晴。

——[唐] 刘禹锡《竹枝词二首·其一》

这首诗描写了一个初恋的少女在杨柳青青、江平如镜的清丽的春日里，听到情郎的歌声时所产生的内心活动。情郎的歌声就像一块石头投入平静的江水，溅起一圈圈涟漪，掀起了姑娘的感情波澜。她心中早就爱上了这个小伙子，但对方还没有明确表态。今天从他的歌声中多少听出了点情意，于是她觉得：这个人的心就像捉摸不定的天气一样，说它是晴天吧，西边却下着雨；说它是雨天吧，东边却又出着太阳。“道是无晴却有晴”也是谐音双关，以“晴”寓“情”，具有含蓄的美，对于表现女子那种含羞不露的内在感情，十分贴切自然。此诗的英译版本甚多，下面，我们选几首比较一下。

(1) 张其春译

The willows are green, green,
The river is serene;
Thence is his song rafted to me.
In the east the sun is rising,
In the west the rain is falling;
Can you see if it's fair or foul?

张译末句的意思是“这天气到底是好还是坏，你看得出来吗?”，与原诗“道是无晴却有晴”的意思不太相符，译者未能译出原文双关的精妙之处。

(2) 刘雅静译

Foliage green while river serene,
Your song here wafted has been.
Rain in west while east is sheen,
Common song as it is, love is keen.

刘译的意思是“歌虽一般，但爱情炽热”，与“道是无晴却有晴”多少有点意近，却没有体现“晴”与“情”的双关。

（3）黄新渠译

Calm are the river waters, green the willows,
From this bank I've heard my love singing fine.
Here the sun shines but there it showers,
Can you read my mind if it's rain or shine?

黄译的意思是"不管下雨还是天晴，你能懂得我的心吗?"，把姑娘对情郎的心理揣测换成了姑娘对情郎的自白，与原诗句的意思相去甚远，同样没有体现"晴"与"情"的双关。

（4）何功杰译

The willows green on th'bank, and th'river clear.
My swain on th'river singing I do hear.
The sun shines in th'east while it rains in th'west,
The weather is doubtful, th'sun is shining here.

Note:

The poem was written in the folksong form. The striking feature of this poem is that the poet in the last line employs a homophone "qing" （"晴" fine weather） which sounds the same like the other Chinese character "qing" （"情" "affection" "passion" or simply "love" ）. This rhetoric device is termed "pun". In this original poem "fine weather" （"有晴"） and "doubtful weather" （"无晴"） both pun in a subtle way on the affection or love of each other. But my translation cannot but keep only to one key, that is, "doubtful weather" and "the sun shines" to suggest the mutual affection that still remains in the dark (doubtful). The poem was translated basically in the form of pentameter （five stresses each line） with a rhyme scheme "clear-hear-here", corresponding to that of the original aaba.

何译给出了原诗句的表层意思，然后加了一条长长的注释，不失为一种补救措施。对于译语读者来说，明白原诗的意思应该不成问题了，但原诗“晴”与“情”谐音双关的修辞效果也荡然无存了。

（5）赵甄陶译

The willows green, the river quiet at rest,

I hear my lover sing ashore his lay.

Sunshine in the east and raindrops in the west.

It isn't warm, but warm yet I dare say.

赵译现出了灵感的火花，“warm”一词既可表示春天阳光的温暖，又可表示恋人之间的温情，刚好和“晴”与“情”构成双关一样，而且“yet I dare say”也与“道是”相吻合，是佳译。这与其说是巧合，不如说是译者心血的结晶。由此可见，办法总比困难多。

[例三]

惶恐滩头说**惶恐**，

零丁洋里叹**零丁**。

人生自古谁无死，

留取丹心照汗青。

——[宋] 文天祥《过零丁洋》

南宋诗人文天祥于1278年在广东海丰县城北郊五坡岭上战败，为元军所俘。这首诗是文天祥次年初过零丁洋时所写，表现了作者宁死不屈、视死如归的崇高民族气节。其中“惶恐滩头说惶恐，零丁洋里叹零丁”两句采用了双关和对偶的修辞手法，以险恶的地形暗示诗人艰危的处境，表现了过去的惶恐和眼前的零丁。“惶恐滩”是地名（在今江西省万安县），“惶恐”还表达了自身当时的感受；“零丁洋”也是地名（在今广东省珠江口），“零丁”还表达了自己孤苦伶仃的无奈。

（1）黄新渠译

A Prisoner's Lamentation—Passing by Lingdingyang

How panic-stricken I was retreating before the Tartars!
Being a captive，I lament over my solitary confinement.
Who can avert his death since time immemorial?
Let my heart remain true to shine in the annals.

黄或许觉得诗中的一语双关很难译成英文，故采用“浅化”法，只译出了作者过零丁洋感到身世浮沉，孤苦伶仃的心情。

（2）许渊冲译

Sailing on Lonely Ocean

For the perils on Perilous Beach I have sighs；
On Lonely Ocean now I feel dreary and lonely.
Since olden days there's never been a man but dies；
I'd leave a loyalist's name in history only.

许译做到了地名与情感词的重复，在结构上尽量与原文保持一致，再现了原诗中的双关和对仗，可谓恰到好处。

［例四］

我失骄杨君失柳，
杨柳轻飏直上重霄九。

——毛泽东《蝶恋花·答李淑一》

原词中“杨”和“柳”两字是双关，词人借助“杨树”和“柳树”两个事物来喻指革命烈士“杨开惠”和“柳直荀”。

（1）许渊冲译

（初译）

I've lost proud Yang and you've lost Liu，

Their souls fly up into the blue.

（改译）

You've lost your Willow and I've lost my Poplar proud，

Their souls ascend the highest heaven，light as cloud.

许的初译将“杨”“柳”直接音译为“Yang”“Liu”两个姓氏，无法使英语读者产生任何联想，也就无法知道原词中的双关意义。许的改译将“杨”“柳”译为“Poplar”“Willow”，使其人格化，比初译更好，但英语读者还是不能完全领悟其双关含义。

（2）秦大川译

I lost my proud Poplar，you your Willow，being bereaved as I.

Yet，Poplar and Willow have swayed all the way to the skies.

Note：

Chairman Mao Tse-tung and Li Shuyi are friends. Mao's wife Yang (meaning poplar other than using as a surname) and Li's wife Liu (willow) both died heroic deaths for the revolutionary cause. After receiving a letter with a sentimental poem from Li Shuyi，Mao made the reply with this poem，which，of revolutionary romanticism by Chinese standards，however，carries a far greater sense of value.

秦译给出注释，算是某种弥补。然而，英语读者虽然可以明白“Poplar”和“Willow”的深层意义，但原词双关修辞形式的美妙仍然无法再现。这就是所谓相对不可译性的典型例证。

（二）互文

互文（intertextuality）也叫互辞，即所谓“参互成文，合而见义”。这是中国古典诗词中常采用的一种修辞方法。具体地说，就是指上下两句或一句诗中的两个部分，看似各说两件事，实则互相呼应、互相阐发、互相补充，说的是同一件事，由上下诗句或上下部分文意互相交错、互相渗透、互相补充来表达一个完整的意思。翻译这样的诗句难度较大，一是容易发生理解上的偏差，二是很难找到合适的表达方式。通常不宜直译，只宜意译，很难再现原诗的修辞形式美。

[例一]

秦时明月汉时关，

万里长征人未还。

——[唐] 王昌龄《出塞》

“秦时明月汉时关”属于同句互文，不能理解成“月亮还是秦时的月亮，边关还是汉时的边关”。句中的“秦”“汉”“关”“月”四字是交错使用的，应理解为“秦汉时的明月，秦汉时的边关”，实际意思是自秦汉以来就战乱不断，至今许多将士还在沙场征战，未能回家，极言时间之久远，描述了战争的凄怆景象。

(1) 威特·宾纳译

The moon goes back to the time of Qin,

    the wall to the time of Han.

And the road our troops are travelling

    goes back three hundred miles...

威特·宾纳是美国诗人和翻译家。他没有看出原诗句中的互文，译文的意思变成“明月回到秦时，边关回到汉时”，与原意相差甚远。“万里长征人未还”也是按他自己的理解翻译的，译诗的意思是“征人行进在路上，往回走了三百英里”，与原诗句意思不符，没有营造出月照边塞、征人未还的凄怆景象。

(2) 徐忠杰译

We have the same border passes—

As in the Han dynasty days.

We have the selfsame brilliant moon—

As the Qin people had to face.

译者把一句诗译成四行，其意思仍然是“汉时的边关，秦时的明月”，没有悟出原诗中的互文。

(3) 唐一鹤译

The moon of Qin Dynasty still shines

　　Over the mountains pass of the Han Dyansty.

Warriors on ten-thousand-li expeditions

　　Have never returned dynasty after dynasty.

唐译的意思是“秦时的明月一直照到汉时的边关”，体现了“时间之久”，但还是与“秦汉时的明月，秦汉时的边关”意思不甚相符。

(4) 许渊冲译

The aged-old moon still shines o'er the ancient Great Wall,

But our frontier guardsmen have not come back at all.

许译用“浅化”的方法，译出了原诗的互文意思：“古老的明月依然照耀着古时的边塞。”借以感叹“明月依旧，边塞依旧，战乱依旧”，虽然原诗的互文美感未能够在译文中再现，但也算是贴近原意了。

[例二]

将军百战死，

壮士十年归。

——北朝民歌《木兰诗/辞》

这两句诗描写了木兰艰辛的征战生活。按字面解释是：“将军经历了上百次残酷的战斗后死去了，壮士从军十年胜利归来。”但实际是说：“将军们与壮士们在漫长的卫国戍边生涯里经历了无数次激烈的战斗，他们有的血染沙场，为国捐躯；有的凯旋。”这里，“将军”和“壮士”，“百战死”和“十年归”不仅是对仗也是互文，互相渗透，互相说明，“百战”与“十年”犹言征战岁月之漫长、戍边战斗之频繁与惨烈。“死”与“归”写出了将士们为国捐躯的悲壮与战争胜利的来之不易。因此，这两句诗是不宜直译的，否则就会使人产生疑惑，为什么经历上百次残酷战斗后死去的都是“将军”，而从军十年胜利归来的却都是“壮士”呢？

（1）阿瑟·韦利译

The captain had fought a hundred fights, and died,

The warriors in ten years had won their rest.

阿瑟·韦利是英国汉学家，他不仅没有读懂原诗中的互文，而且理解也有偏差。译文的意思是：“那个军事头目经过上百次的战斗之后阵亡了，他的部下征战了十年都得以幸存。”实际上，战死者中既有“captains”，也有“warriors”。

（2）傅汉思（Han H. Frankel）译

Generals die in a hundred battles,

Stout soldiers return after ten years.

傅汉思是美国汉学家，也没有读懂互文。他的译文看上去忠实于原文，实则曲解了原文，因为不可能死去的都是将军，活下来的都是士兵。

（3）汪榕培译

Countless men die on the battlefields.

While other men return with swords and shields.

汪译舍弃了原诗的表层意义，用“men”指代全体将士，说“无数将士战死沙场，不过也有许多将士披坚执锐而回”，比较符合原诗的深层意义。

然而，原诗句还运用了对仗的修辞手法，汪译没有体现出来，我们试改如下：

Through a hundred fights many men go to the tomb;

After ten years' torment some men come back home.

(tomb 和 home 押眼韵。)

[例三]

烟笼寒水月笼沙，

夜泊秦淮近酒家。

——［唐］杜牧《泊秦淮》

此诗是诗人夜泊秦淮时触景感怀之作，全诗共四句："烟笼寒水月笼沙，夜泊秦淮近酒家。商女不知亡国恨，隔江犹唱后庭花。"全诗借陈后主因追求荒淫享乐终致亡国的历史，讽刺那些不从中汲取教训而醉生梦死的晚唐统治者，表现了诗人对国家命运的无比关怀和深切忧虑的情怀。首句是互文，应理解为"烟雾和月光笼罩着寒水也笼罩着沙滩"，而不是"烟雾笼罩着寒水，月光笼罩着沙滩"。否则，就会令人产生疑惑：在同一个小小的地方，寒水和沙滩是紧挨着的，为什么烟雾只笼罩着寒水，月光只笼罩着沙滩呢？且看译家们如何处理。

(1) 威特·宾纳译

Mist veils the cold stream, and moonlight the sand

As I moor in the shadow of a river-tavern.

威特·宾纳是美国诗人、翻译家。"veils"一词有用纱遮盖的意思，缥缈的雾气不正如纱一样轻轻漂浮在秦淮江上吗？该词非常生动地传达出了原文朦胧迷离的意境。但他没有译出原诗中的互文。

(2) 赵彦春译

Mist wrapping the water, moonlight washing the sand,

I berth at the hostel by the Stream for the night.

赵译运用了押韵，但“wrapping”和“washing”二词还值得商榷，而且赵没有译出原诗中的互文。

(3) 杨宪益、戴乃迭译

The chilly water is shrouded in mist and sand bathed in moonlight,

As I moor at night on the Qinhuai River near taverns.

“chilly”译为“清冷”的，常用于秋天之水，更能传递诗人要表达的秋水清冷的意象，达到“意美”的效果，但杨、戴没有译出原诗中的互文。

(4) 文殊、王晋熙、邓炎昌译

Mist envelops the cold water, and moonlight the sand;

Not far from a tavern I moor my boat in the Qinhuai at night.

文、王、邓译很好地运用了押韵、对仗，但没有译出原诗中的互文。

(5) 王守义译

Fog is shrouding the cold water,

Moonlight floods the sandy beach.

My boat is anchored in Qinhuai River,

A wind-shop is handy on the shore.

王译采取了归化手法，沿袭了英诗诗行较多的特点，译为四行，但笔者认为，作为中华文化瑰宝的唐诗，有特定的形式与内涵，王译为了内涵的传达而牺牲了形式，未免可惜，而且王也没有译出原诗中的互文。

(6) 唐一鹤译

Cold water was shrouded in the mist;

　　Sands were shrouded by the moonlight.

My boat was moored near a tavern

　　By the Qinhuai River at night.

“cold”会让人感到寒冷、冰冷，往往用来形容冬日之水，使人不寒而栗，“cold”一词不能展现文中秋水荡漾的画面，而且唐也没有译出原诗中的互文。

（7）徐忠杰译

A cold murky evening，with an overshadowed moon，

On the Qinhuaihe，our boat is moored near a saloon.

徐舍弃了“水”和“沙”，只译“雾”和“月”，固然避开了互文这个难题，但与“忠实原文”的原则相悖。

（8）许渊冲译

Cold water and sand bars veiled in misty moonlight，

I moor near a tavern on Qinhuai River at night.

以上八种译文，只有许译一枝独秀，篇幅精练，语言优美，音韵和谐，传达出了“绝句”这一诗体的特色，而且完全再现了其互文的深层意义，即“烟雾和月光笼罩着寒水也笼罩着沙滩”。译者对原诗的研读之深和译文的表达力之强，可见一斑。

（三）叠字

叠字（reduplication）又名“重言”，指由两个相同的字或词组成的词句。叠字的修辞作用就在于明确和突出主题思想，给读者以鲜明的印象；也成为一种强烈感情抒发的有效途径，以此来增强语气的感染力度。中国古典诗词中叠字使用频率很高。一般情况下，将原诗中的叠字直译，或叫“叠字叠译”，就可以传达其修辞效果；但不尽然，有时也很难处理，存在相对的不可译性。

［例一］

青青河畔草，

郁郁园中柳。

盈盈楼上女，

皎皎当窗牖。

娥娥红粉妆，

纤纤出素手。

昔为倡家女，

今为荡子妇。

荡子行不归，

空床难独守。

——［汉］佚名《古诗十九首》（其二）

诗之开头六句连续用了六组叠字，恰到好处。前两句写景，描绘出春天草木浓密的生机；后四句写人，将思妇的体态、仪容、装扮等写得十分逼真，简直呼之欲出。

（1）翟理斯译

Green grows the grass upon the lank,

The willow-shoots are long and lank;

A lady in a glistening gown,

Opens the casement and looks down.

The roses on her cheek blush bright,

Her rounded arm is dazzling white;

A singing-girl in early life,

And now a careless roué's wife…

Ah, if he does not mind his own,

He'll find some day the bird has flown!

翟理斯只译出全诗最基本的意思，读者领略不到诗中叠词所带来的回环反复的语言美感，不能不说是个遗憾。

（2）埃兹拉·庞德译

Blue, **blue** is the grass about the river

And the willows have overfilled the close garden.
And within, the mistress, in the midmost of her youth,
White, white of her face, hesitates, passing the door.
Slender, she puts forth a slender hand;
And she was a courtesan in the old days,
And she has married a sot,
Who now goes drunkenly out
And leaves her too much alone.

庞德的译法有点“随心所欲”，对诗中的叠词，有的译了，有的没译；对原诗的理解也有偏颇之处，且诗行长短随意，音美的缺损和不工整的行文使读者大跌眼镜。

（3）汪榕培译

Green, Green spreads the bank-side grass;
　　Lush, lush grow the garden willows.
Fine, fine stands upstairs the lass;
　　Fair, fair her shape behind the windows.
Bright, bright beams her rouged face;
　　Soft, soft are her pale-skinned hands.
Once a singing-girl with pose and grace,
　　Now she's wife to one who roves the lands.
As he wanders in an unknown zone,
　　It's hard for her to go to bed alone.

汪译充分传译了原诗的意境。为了再现原诗的叠字之形美，译者采用“叠字叠译”法来翻译原诗中的叠词，读者不觉累赘。色之青青、意之郁郁，美人之风姿跃然纸上。

[例二]

杳杳寒山道，
落落冷涧滨。
啾啾常有鸟，
寂寂更无人。
淅淅风吹面，
纷纷雪积身。
朝朝不见日，
岁岁不知春。

——[唐] 寒山《杳杳寒山道》

原诗通篇句首都用叠字，别具一格。“杳杳”具有幽暗的色彩感；“落落”具有空旷的空间感；“啾啾”言有声；“寂寂”言无声；“淅淅”写风的动态感；“纷纷”写雪的飞舞状；“朝朝”“岁岁”虽同指时间，又有长短的区别。八组叠字所描摹的对象，或山或水，或鸟或人，或风或雪，或境或情，显得变化多姿。全诗由于使用叠字，借助于音节的复沓，和谐贯串，一气盘旋，增强了音乐美；并借助于形式上的划一，把本来分散的山、水、鸟、人、风、雪、境、情，组织成一个整体，回环往复，连绵不断，增强了形式美。

(1) 唐一鹤译

Along chilly, desolate and lonely ravines
Winds a secluded and gloomy path
    In cold mountains.
There're often birds chirping,
    But no human voice heard in the mountains.
Whizzing wind strokes man's face;
Falling **thick and fast** and

Gathered on his body are snow flake.

No sun is seen in mornings;

Not known **year after year** is spring.

Note：

Cold and solitary atmosphere is throughout the poem. Employment of doubly-repeated words（双叠字）makes the lines more vividly descriptive.

译者给了一条注释，这说明知道原诗运用了叠字的修辞手法。然而，译文却是散体，虽然“纷纷”“岁岁”有所体现，但整体上只译出了原诗的大意，没有再现原诗的音形美。

（2）许渊冲译

Long，long the pathway to cold Hill；

Drear，drear the waterside so chill.

Chirp，chirp，I often hear the bird，

Mute，mute，nobody says a word.

Gust by gust winds caress my face；

Flake on flake snow covers all trace.

From day to day the sun won't swing；

From year to year I know no spring.

许译也采用“叠字叠译”的方法（前四行运用了单词复用的方法，后四行因行文需要运用了介词短语），巧妙地将原本体现声音和氛围的一些带抽象感的词转化为有具体内容的词，这样不仅有助于体现原诗新奇而富于特殊的音乐美的特点，也很好地表现了单调寂寞的诗境。

［例三］

世事茫茫难自料，

春愁黯黯独成眠。

——［唐］韦应物《寄李儋元锡》

原诗句连用了两处叠字。"茫茫"加重了诗人对自己和国家前途难料的迷惘程度，"黯黯"更深刻地反映出诗人忧烦失意、一筹莫展的苦闷心情。

（1）徐忠杰译

How much the world's affairs have changed:

Difficult for one to foresee.

Languor troubles slumber worries—

Are things which Spring has brought to me.

徐译虽运用了押韵手法，但两处叠字的修辞目的非常明显，徐译没有再现出来。

（2）伯顿·华兹生译

The world's ways—**dim and distant**, hard to foretell;

Spring griefs—**dull and dark**; I sleep alone.

伯顿·华兹生是美国汉学家、翻译家。他读懂了原诗中叠字的功用，以"dim and distant"来译"茫茫"，以"dull and dark"译"黯黯"，语序也在句中。dim（朦胧）和 distant（遥远的），dull（阴沉的）和 dark（晦暗的）各为同义词，意思上互相补充，加强了语意，而且都押头韵［d］，诵读起来也朗朗上口，充分传译了原诗叠字的修辞效果。只是原诗不仅押韵，还运用了对仗的修辞手法，译文没有完全体现出来。我们试改译如下：

The world's ways—**dim and distant**, hard to foretell;

Spring griefs—**dull and dark**; alone I can't sleep well.

［例四］

清明时节雨纷纷，

路上行人欲断魂。

——［唐］杜牧《清明》

"纷纷"是叠韵词，用来写雨，就是指"天街小雨润如酥"一般的雨，传达了那种"做冷欺花，将烟困柳"的凄迷而又美丽的境界。

（1）徐忠杰译

During the Qing-ming Festival,

Is daily continual rain.

People, going to the country,

Form an almost unbroken train.

徐译只说"雨整天下个不停"，未言明是大雨还是细雨，更没有传译出"纷纷"的叠词用法之效果，言犹不及。

（2）曹顺发译

A fine rain falls on the tomb-sweeping day,

All mourners are heartbroken on their way.

曹译用"fine rain"表示"细雨"，比徐译进了一步，值得肯定，但没有传译出"纷纷"的叠词用法之效果。

（3）吴伟雄译

It drizzles **thick and fast** on the Mourning Day,

The mourner's heart is going to break on his way.

吴译用"drizzle"表示"下毛毛雨"，用词组"thick and fast"表示"纷纷"，可算意译到位。

（4）万昌盛、王中译

The ceaseless **drizzle drips** all the dismal day,

So broken-hearted fares the traveler on the way.

万、王的译文用"drizzle"和"drip"这两个既押头韵又押腰韵的词表示

“雨纷纷”，也算一种可行的表达方式。但我们仍嫌不太恰当，因为“drizzle（毛毛细雨）”是不会“drip（滴下）”的，应是“drift（飘落）”。所以，万、王的译文宜再修改一下：

The **drizzle drifts and drifts** all the dismal day,

So broken-hearted fares the traveler on the way.

改后的译文用“drizzle drifts and drifts”对应“雨纷纷”，加之三个词都押头韵和腰韵，是不是更加“赏耳悦目”？

［例五］

思**悠悠**，
恨**悠悠**，
恨到归时方始休，
月明人倚楼。

——［唐］白居易《长相思》

原词描写了一个闺中少妇，月夜倚楼眺望，思念久别未归的丈夫，充满无限深情。词人采用叠字修辞手法，增强了作品的感染力。

（1）黄新渠译

Sorrow is so long and ever lasting,

She looks into the distance,

Till her man comes back some day.

Alas, the maid often clings to that tower,

Under the bright moonshine.

黄译基本表达了原作的意思，但译文无韵，形式散乱，没有传译出原词的美感。

（2）赵彦春译

My rues **grow and grow**,

My woes **grow and grow**,

Grow until comes back my yokefellow,

We lean on the rail in moonglow.

赵译把原词的叠字的修辞手法处理得恰到好处，还运用了顶真的手法，译文结构紧凑，形式工整，用韵恰当，重现了原诗的画面美和艺术美。

(四) 藏头诗

藏头诗（acrostic）是在每句诗的开头嵌入作者想要表达的内容中的一个字，全诗每句中的头一个字又可组成一个完整的词组或句子。

英语诗作中也有藏头诗，每一句诗的头一个字母也可组成一个英语单词。例如，爱尔兰作家詹姆斯·乔伊斯（James Joyce）的长篇小说《尤利西斯》（*Ulysses*）第十七章就有一首藏头诗。

Poets oft have sung in rhyme

Of music sweet their praise divine.

Let them hymn it nine times nine.

Dearer far than song or wine.

You are mine.

The world is mine.

金堤将其译为中文如下：

利用格律加韵脚，

奥妙诗歌无尽了，

波涛翻滚逐浪高，

尔后唯有我诗好，

得你就是独占鳌。

英文原诗五行之首的字母连起来是“POLDY”，音译“波尔迪”，是《尤利西斯》中一个人物“布卢姆”的本名，也叫“利奥波尔得（德）”（金堤汉译五行之首的五个汉字)。原诗是“布卢姆”向一名女士求爱时写的藏头诗。译者克服困难，将原诗中无关紧要的细节做些改变，而主要的内容、形式、格调都和原诗相似，保留了藏头诗的特点。

汉语藏头诗并不少见，但要译成英文，难度就大多了。例如《水浒传》第六十一回就有一首藏头诗。

芦花丛里一扁舟，

俊杰俄从此地游。

义士若能知此理，

反躬逃难可无忧。

沙博理（Sidney Shapiro）将其译成英文如下：

A boat sails through the reeds,

At dusk a hero wanders by;

Righteous to the very end,

Out of trouble you must fly.

汉诗的每行头一个字加在一起构成“卢俊义反”（Lu Junyi rebels）四个字，因而是一首反诗。译文从语义层面看，第一句用“reeds”译出了“卢”(与“芦”同音，不在句首)；第二句用“a hero”译出了“俊”(不在句首)；第三句用“Righteous”译出了“义”(在句首)；第四句没有译出“反”(有所暗示)。但是从语形层面看，原诗的藏头手法基本上没有实现，因为“卢”“俊”“义”“反”这四个字也像其他字一样独自承载着实实在在的意义，而不像“P”“O”“L”“D”“Y”五个字母只是五个单词的开头，本身不含任何实义。由此可见，以汉语藏头诗译英语藏头诗游刃有余，语形可译因素多，充分显示了汉语的优越性；而以英语藏头诗译汉语藏头诗则捉襟见肘，语形可译因素有限。然而，汉语藏头诗英译也有成功的幸运者，我们再看一例：

我爱秋香

我画蓝江水悠悠，
爱晚亭上枫叶稠。
秋月融融照佛寺，
香烟袅袅绕经楼。

——［明］唐寅

秦大川的译文如下：

I Love Autumn Sweet—By Tang Yin

I draw th'picture of Blue River flowing at ease,
Love-of-Dusk Pavilion is strewn with maple leaves.
Autumn moon joyfully shines on the Buddhist temple,
Sweet incense around the fine bower floats soft and free.

译者绞尽脑汁，将“I”“Love”“Autumn”“Sweet”依次放在句首，分别对应“我”“爱”“秋”“香”，算得上匠心独具之作了。

又看《唐寅诗集》的版本：

我爱秋香

我画蓝江水悠悠，
爱晚亭上枫叶愁。
秋月溶溶照佛寺，
香烟袅袅绕经楼。

原诗中还含有叠字、对仗等修辞手法，要求译者同时再现这些视觉上的形式美，是不现实的。

二、文化背景方面的难译因素

(一) 典故

中国古典诗词语言精练，诗人经常在一句话难以容纳或不便言明时，通过使用恰当的典故，表达自己丰富、微妙和复杂的情绪。这些典故往往包含神话故事、传说、名人轶事、历史事件或其他诗人的佳句。由于中西文化背景的不同，西方读者对于这些知识不甚了解，若想从原文中将其悉数译出以求达到原文读者读诗的效果，是比较难的。若“散译”其意思，不免显得冗长拖拉，“诗将不诗”了；若将其“浅化”，又不免显得过于通俗，其中许多隐含的意义，以及读者联想的空间就不复存在了。就是说，“鱼与熊掌”不可兼得。

[例一]

林暗草惊风，
将军夜引弓。
平明寻白羽，
没在石棱中。

——［唐］卢纶《塞下曲·其二》

这首边塞小诗，取材于司马迁的《李将军列传》，用的是飞将军李广的典故。李广在一次出猎时，发现昏暗的树林中，草突然被风吹动，将草中的石头，误认为是虎，连忙开弓射箭。天明寻找昨晚射的白羽箭，发现箭头深深插进了巨大的石块中。

(1) 威特·宾纳译

The woods are black and a wind assails the grasses,

Yet the general tries night archery—

And next morning he finds his white-plumed arrow
Pointed deep in the hard rock.

宾纳似乎不知道这个典故，所以照字面直译，译文就显得平淡无奇。

（2）徐忠杰译

Signs of game in the woods: so the general thought.
At once, he drew his bow with a strength all his own.
When in the morning, the feathered arrow was sought,
　Its head was found embedded in a slab of stone.

徐译基本达意，说将军发现林中可能有猎物，虽然没有明言是虎，但也算贴近典故了。

（3）许渊冲译

In gloomy woods grass shivers at wind's howl;
The general takes it for a tiger's growl.
He shoots and seeks his arrow-plume next morn
Only to find a rock pierced amid the thorn.

许译融进了典故的内容，表现出原文的美意，显得生动有趣。

[例二]

赵瑟初停凤凰柱，
蜀琴欲奏鸳鸯弦。

——［唐］李白《长相思三首·其二》

原诗讲述了一个美丽多情的女子对出征边塞丈夫的思念。此两句描写她在月光下一会儿弹奏着“瑟”，一会儿弹奏着“琴”，表达了望夫心切而又无法排解的愁绪。诗句含有用典、互文、对仗等多重修辞手法，给翻译带来了很大的难度。

(1) 亚瑟·古柏 (Arthur Cooper) 译

Chao zither's Phoenix frets
    no more shall I touch,
Shu lute's Mandarin Duck strings
    I'll sound instead.

亚瑟·古柏传译了原诗的基本意思，然而，他是用半音译的方法处理"赵瑟"和"蜀琴"的，对于译语读者来说，"Chao zither"和"Shu lute"是什么意思，恐怕只能是一头雾水了。实际上，"赵瑟"涉及"渑池会盟"时，秦王要赵王鼓瑟的故事；"蜀琴"指司马相如和卓文君相爱的故事。此外，译者将"鸳鸯"译作"Mandarin Duck"，读者也只能得知它是一种鸟，"鸳鸯"的象征意义丢失了。这些汉语读者一看便知的东西，译文未能再现。至于互文和对仗的修辞手法，就更谈不上了。

(2) 许渊冲译

My harp on phoenix-holder has just become mute,
I'll try to play upon lovebird strings of my lute.

许译宁"简"而不"繁"，绕开典故这个麻烦，也是一种方法。他将"鸳鸯"译作"lovebird"，虽然换了意象，但功能是对等的，比译作"Mandarin Duck"好多了。然而，原诗所含有的其他文化负载因素同样没有再现出来。我们认为，译者非不为也，实不能也。诗的部分不可译性是客观存在的。

[例三]

可叹停机德，
堪怜咏絮才。
玉带林中挂，
金簪雪里埋。

——《红楼梦》

这首诗是林黛玉和薛宝钗（钗黛合一）的判词。诗中运用了“停机德”和“咏絮才”两个典故。“停机德”出自《后汉书·列女传·乐羊子妻》，是指乐羊子离家求学，学未成而归家，他的妻子知道后用剪刀剪断了正在织的布，劝勉丈夫求取功名的故事。由此“停机德”被后人用来称颂贤德，合乎封建妇道标准的贤妻良母标准。“咏絮才”运用的是晋代谢道韫的典故，年幼的谢道韫以一句“未若柳絮因风起”展现惊艳诗才，后来多用于指女子聪明伶俐，能诗善文。诗末两句暗示了钗、黛的悲惨命运，对仗工整。

(1) 大卫·霍克斯译

One was a pattern of female virtue,
One a wit who made other wits seem slow.
The jade belt in the greenwood hangs,
The gold pin is buried beneath the snow.

霍译舍弃了两个典故，改用意译，以“female virtue”（女性美德）来体现“停机德”，以“who made other wits seem slow”（其才情让别人望尘莫及）来体现“咏絮才”，这是一种可行的选择。译文基本达意，但没能体现原诗修辞的韵味。

(2) 杨宪益、戴乃迭译

Alas for her wifely virtue,
Her wit to sing of willow-down, poor maid.
Buried in snow the broken golden hairpin,
And hanging in the wood the belt of jade.

杨、戴的译文在达意方面显得更胜一筹。用“Alas”（呜呼哀哉）表达了对林黛玉和薛宝钗的哀叹惋惜；用“wifely virtue”（为人妻子的妇德）体现“停机德”比“female virtue”更贴切；用“her wit to sing of willow-down”旨在使读者联想到谢道韫的典故，虽然译语读者未必能体会到，但译者尽力了。至于原诗的修辞美，译文也未能全部再现出来。这是不能苛求的。

［例四］金谷园

繁华事散逐香尘，
流水无情草自春。
日暮东风怨啼鸟，
落花犹似坠楼人。

——［唐］杜牧

这是杜牧途经金谷园触景生情写下的一首咏春吊古之作，所涉典故内容厚重。据载，西晋时期，大官僚地主石崇为纵情放逸，在洛阳依邙山、临谷水建了规模宏大的花园。此园随地势筑台凿地，楼台亭阁，池沼碧波，茂树郁郁，修竹亭亭，整座花园犹如天宫琼宇。石崇在金谷园中挥霍无度，过着极其奢靡的生活。石崇最为钟情宠爱的歌女绿珠，是他在南方为官时所得。回到洛阳后，石崇命人在金谷园为她专修了一座华丽的妆楼，并取名“绿珠楼”，整日和绿珠在楼中过着荒淫的生活。谁知好景不长，随着石崇的政治靠山贾皇后被废，石崇也被免除了职务。其政敌赵王伦掌握了实权。赵王伦手下一员大将孙秀趁机要抢夺绿珠为妾，绿珠不从，遂坠楼而死。

诗的首句写繁华往事已随“香尘”飘荡无存，“香尘”指石崇为教练家中舞妓步法，以沉香烟尘铺象牙床上，使她们践踏，无迹者赐以珍珠。二句写流水和春草对于人世间的种种变迁毫无感触，毫不关心，只顾自己流动和生长，故言“无情”。三、四两句写诗人听到啼鸟声声似在哀怨；看到落花满地，恰似那绿珠美人坠楼而亡。句句写景，层层深入，景中有人，景中寓情。写景意味隽永，抒情凄切哀婉。

（1）翟理斯（Herbert Allen Giles）译

The Old Palace

A wilderness alone remains，all garden glories gone；

The river runs unheeded by, weeds grow unheeded on.

Dusk comes east wind blows, and birds pipe forth a mournful sound,

Petals, like nymphs from balconies, come tumbling to the ground.

翟理斯的译文用“wilderness alone remains”和“garden glories gone”表现了人世间沧桑变化，曾经的繁华如今只剩下一片荒凉的景象，但把“香尘”这个重要的意象省去未译，读者所得到的画面就变得残缺不全。用“unheeded”（未被人注意）来描述流水和春草，表达了它们的“孤独”，而不是形容它们的“无情”。用“nymphs”来翻译坠楼人，将无限伤感变成了一场幻境，这是不妥的，因为“nymphs”指希腊罗马神话中的仙女。

（2）翁显良译

The Ghost of a Garden

The pomp, the pageant, the profusion

—all gone with the dust of the princely prodigal.

Yet the grass grows green and the stream flows unruffled.

Only in the gloaming, when the birds pour forth their doleful

music, is nature reminded of Beauty's tragic end.

Then the east wind signs, and fated flowers flutter and fall.

翁用散文诗的形式基本传达了全诗的意思。首句意译了“香尘”，但第二句也未表达出春草流水的“无情”。译文中提到了“Beauty's tragic end”和“fated flowers flutter and fall”，但是没有将“落花”与“坠楼人”紧密联系在一起，而是将二者分别放在了两行诗句中翻译，似乎二者没有任何关系，读者也就体会不到诗人把此二者放在一起的用心了。总之，整个译文诗味不足。

（3）许渊冲译

The Golden Valley Garden in Ruins

Past splendors are dispersed and blend with fragrant dust;
Unfeelingly the river runs and grass grows in spring.
At dusk in the east wind the flowers will fall just
Like Green Pearl tumbling down and mournful birds will sing. *

* "Green Pearl", favorite of Shi Chong（石崇，249—300），killed herself in the Golden Valley Garden as the result of a Court intrigue. See Notes on Wang Wei's *Maid of Luoyang*（王维的《洛阳女儿行》）.

许遵循他的"三美"原则，在音、形、意三个方面传译了原诗的意蕴和风貌，分别用"fragrant dust"译出了"香尘"，用"unfeelingly"译出了"无情"，用"Green Pearl"直译了"绿珠"，还采用加注的方式对"绿珠"这一形象予以解释，让读者能够了解到原诗背后的信息，从而能够更深刻地体会到诗人的情感，诗中典故的文化负载大体得到再现。可见，只有谙熟了原诗背后的人物和故事，译者才能深层地理解原诗中的意境，将典故译出。

［例五］锦瑟

锦瑟无端五十弦，
一弦一柱思华年。
庄生晓梦迷蝴蝶，
望帝春心托杜鹃。
沧海月明珠有泪，
蓝田日暖玉生烟。
此情可待成追忆，

只是当时已惘然。

——［唐］李商隐

此诗短短五十六字，含有五个典故。①素女鼓瑟："太帝使素女鼓五十弦瑟，悲，帝禁不止，故破其瑟为二十五弦。"[①] ②庄周蝶梦："昔者庄周梦为蝴蝶，栩栩然蝴蝶也。"[②] ③望帝化鹃："昔有人姓杜，名宇，王蜀，号曰望帝。宇死，俗说云宇化为子规。子规，鸟名也。蜀人闻子规鸣，皆曰望帝也。"[③] ④鲛人泣珠："南海有鲛人，水居如鱼，不废织绩。其眼泣，则能出珠。"[④] ⑤蓝田美玉："蓝田山在长安县东南三十里，其山产玉，又名玉山。"[⑤]

对《锦瑟》一诗创作意旨的解读，历来众说纷纭，莫衷一是。归纳起来，主要分为以下两种。一是认为这是一首评悼妻子王氏的诗，首联为"景"，看到素女弹五十弦瑟而触景生情；颔联为"喻"，借庄周化蝶、杜鹃啼血比喻妻子的死亡；颈联为"幻"，珍珠为之落泪，玉石为之忧伤；尾联为"感"，情已逝，追思也是惘然！二是认为这是诗人对逝去年华的追忆，首联为"起"，借五十弦之瑟喻人生之五十年华；颔联为"承"，在浑然不觉间人生将走到尽头；颈联为"转"，以明珠宝玉比喻自己的才能；尾联为"合"，岁月催人老，一切都是惘然！

这首诗连源语评论家理解起来尚且晦涩难懂，就更何况译语读者了。若要把它翻译成英文，让译语读者体会其深意，无疑是巨大的挑战。然而，也不乏敢于挑战的翻译家。当然，按照他们各自的理解翻译的译文也就"仁者见仁，智者见智"了。我们也只能就自己的理解提出一些肤浅的看法，供读者参考。

① 司马迁：《封禅书第六》，《史记》卷 28，中华书局，1982，第 1396 页。
② 林云铭：《庄子因》卷 1，华东师范大学出版社，2011，第 27 页
③ 萧统编，李善注：《文选》，中华书局，1977，第 81 页。
④ 干宝：《搜神记》，岳麓书社，2015，第 115 页。
⑤ 李商隐撰，刘学锴、余恕诚著：《李商隐诗歌集解》，中华书局，2004，第 1081 页。

(1) 约翰·A. 特纳译

Jewelled Zither

Vain are the jeweled zither's fifty strings,
Each string, each stop, bears thought of vanished things.
The sage of his loved butterflies day-dreaming,
The king that sighed his soul into a bird.
Tears that are peals, in ocean moonlight streaming,
Jade mists the sun distils from Sapphire Sward.
What need their memory to recall today?
A day was theirs, which is now passed away.

特纳的译文做到了较好押韵，读起来朗朗上口，这是值得肯定的。但诗歌翻译是要讲究达意和传情的，对比原诗的意境，译文就有差距了。

首联中，用“vain”译“无端”欠贴切，“无端”宜作“何故”解，表示“怨怪”，引出下句。用“stop”译“柱”，不准确。“柱”指弦乐器上支弦用的“马”，宜作“fret/bridge”；而“stop”意为“按”弦的动作。用“vanished things”译“年华”，淡化了诗意。

颔联中，“The sage of his loved butterflies day-dreaming”没有体现典故“不知周之梦为蝴蝶与？蝴蝶之梦为周与？”[①] 这一梦幻意境。用“bird”译“杜鹃”，因改变意象而失去了典故的寓意。

颈联中，“Tears that are peals, in ocean moonlight streaming”无法使读者联想到鲛人泣泪成珠这个典故；用“Sapphire Sward”（蓝宝石般的草地）译“蓝田”，不准确，“蓝田”是山名。

尾联因没有典故，难度小些，译文基本到位，传达出了诗人那惆怅愁苦

① 胡文英撰，李花蕾点校：《庄子独见》，华东师范大学出版社，2011，第 17 页。

的心情，映射出了诗人对人生悲剧性的拷问。

（2）威特·宾纳译

The Inlaid Harp

I wonder why my inlaid harp has fifty strings，
Each with its flower-like fret an interval of youth.
The sage Chuang-tzu is day-dreaming，bewildered by butterflies.
The spring heart of Emperor Wang is crying in a cuckoo，
Mermen weep their pearly tears down a moon-green sea，
Blue fields are breathing their jade to the sun…
And a moment that ought to have lasted for ever
Has come and gone before I knew.

宾纳的译文是无韵体，在达意和传情上，有值得肯定的一面，也有不足的一面。

首联基本达意。用“I wonder why”译“无端”，表达了诗人那种怨感之情；“一弦一柱思华年”也译得较好。只是将“瑟”译为“harp”（竖琴），不如译作“zither”（形似筝）恰当。

颔联将“迷蝴蝶”译作“bewildered by butterflies”，没有体现“人生如梦似幻、惘然若迷”的意境；将“托杜鹃”译作“is crying in a cuckoo”，读者不知所云。

颈联基本达意，只是用“mermen”（雄美人鱼）不如用“mermaids”更具阴柔美；“蓝田”是山名，不宜译作“blue fields”。

尾联将“此情”译作“a moment”，改换了意象，与诗人要表达的那种迷惘难遣的内心伤感不相符。

（3）刘若愚译

The Richly Painted Zither

The richly painted zither，for no reason，has fifty strings，
Each string，each bridge recalls a burgeoning year；
Master Chuang，dreaming at dawn，was confused with butterfly，
Emperor Wang consigned his amorous heart in spring to the cuckoo；
By the vast sea，the moon brightens pearls' tears，
At indigo field，the sun warms jade that engenders smoke.
This feeling might have become a memory to be cherished，
But for that，even then，it already seemed an illusion.

刘的译文虽无韵，但节奏感强，整体达意较好。

首联较为忠实地传达了原句的意思。

颔联将"望帝化鹃"的典故译为望帝一段未成的爱情故事，是"仁智之见"，译者可以有不同的理解。

颈联用"indigo field"译"蓝田"不准确。

尾联较好地表达了诗人终身不得志，到头来只是一场梦幻的伤感情绪。

（4）杨宪益、戴乃迭译

The Gorgeous Zither

For no reason the gorgeous zither has fifty strings，
Each string，each fret，recalls a youthful year.
Master Zhuang woke from a dream puzzled by a butterfly，*
Emperor Wang reposed his amorous heart to the cuckoo. **
The moon shines on the sea，pearls look like tears，
The sun is warm at Lantian，*** the jade emits mist.

This feeling might have become a memory to recall,

But, even then, it was already suggestive of sorrows.

* According to a fable story, Zhuang Zi (c. 369-286 BC), a famous philosopher of the Warring States Period, dreamt of being a butterfly and when he woke up, he was so confused that he could not tell whether it was him that had dreamt of being a butterfly or it was a butterfly that was then dreaming of being him.

** A legendary king who had an affair with his prime minister's wife and after his death his spirit changed into the cuckoo.

*** A hill famous for its jade in present-day Lantian County, Shaanxi Province.

杨、戴的译文虽然无韵，但节奏感强，整体上基本达意，对于五个典故的传译，有其独到之处。

首联译文基本达意，将“思华年”译作“recalls a youthful year”比较贴切。

颔联加了注释，对译语读者了解两个典故的背景知识是有帮助的。第一个注释讲清了“庄周蝶梦”是怎么回事。但第二个注释有待商讨。不要因为原诗中有“春心”二字，就认为它指男女之情；“春心”还指“春景所引发的意兴”，如《楚辞·招魂》：“目极千里兮伤春心。”诚然，民间确有“望帝与鳖灵妻私通”的传说，不过还有一个完全不同的版本，说杜宇是觉得自己治理国家不如鳖灵，于是禅让其位，自己选择了隐居。但鳖灵后来把国家治理得很乱，还霸占了杜宇的妻子和女儿，杜宇后悔莫及，欲复位不得，死而化为杜鹃，在故国上空盘旋，不断地哀鸣，常啼出血来，时人为之凄哀。对于民间传说，难以考证谁是谁非，不过我们认为，诗人是想借此谓己之壮心雄图难以实现，其伤时忧国之情无以发泄，只好借“望帝化鹃”这个典故以自抒哀怨。因此，诗人所引用的民间传说必然是正面的，而不会是负面的。

颈联和尾联都翻译得比较到位。

从上面引用的四种译文可以看出，《锦瑟》一诗算是典故难译的典型例子，除了加注，无论怎么译，正文都无法再现原诗所引典故的深层寓意。也就是说，诗歌的部分不可译性是客观存在的。

(二) 地名

古诗歌中常涉及地名。一般的地名，无碍于译语读者理解一首诗的意境；但是，那些具有文化负载的地名，对于读者理解一首诗的深层意义却非常重要。如何传译这些地名背后的信息，译者颇感困难。

[例一]

草枯鹰眼疾，
雪尽马蹄轻。
忽过新丰市，
还归细柳营。

——[唐] 王维《观猎》

诗中涉及两个地名：新丰市和细柳营，两地相隔七十余里。新丰市故址在今陕西省西安市临潼区东北，古代盛产美酒，是个普通的地名。细柳营则有文化负载，故址在今陕西省西安市长安区，是汉代名将周亚夫屯军之地。周亚夫刚正不阿，治军有方，汉文帝称赞他是“真将军”。诗中的“细柳营”并非实指，诗人借此指代打猎将军所居军营，比喻狩猎的主人公亦具名将之风度，表达出诗人欲效仿将军征战疆场、建功立业的豪情。

(1) 宇文所安译

The plants are sere, the hawk's eye keen,

Snow is gone, horses' hooves move easily.

Suddenly they are past Xinfeng Market,

Then back to Thin-Willow Camp.

宇文所安的译文，从字面上看，是到位的，但译语读者无法知晓“Thin-Willow Camp”的典故寓意，诗味就不足了。

(2) 许渊冲译

Keener o'er withered grass his falcon's eye,

Lighter on melted snow his steed trots by.

No sooner is New Harvest Market passed,

Than he comes back to Willow Camp at last.

许译的韵味很足，但读者同样无法知晓“Willow Camp”的文化负载信息。另外，“新丰市”译作“Xinfeng Market”更好。

[例二] 夏日绝句

生当作人杰，

死亦为鬼雄。

至今思项羽，

不肯过江东。

——[宋] 李清照

诗中的“江东”，古指长江下游江南地区。因长江在今安徽芜湖至江苏南京间作西南至东北流向，隋、唐以前，为南北渡口所在。习惯上称自此以下的长江南岸地区为江东。这不是一个普通的地名，而是负载着厚重的历史人文信息。

靖康二年（1127），金兵入侵中原，南宋统治者不管百姓死活，只顾自己逃命。当时，李清照之夫赵明诚出任建康（今南京）知府，城中爆发叛乱，赵明诚不思平叛，反而临阵脱逃。李清照为国为夫感到耻辱，在路过乌江时，想起了秦末的项羽。项羽突围到乌江，乌江亭长劝他急速渡江，回到江东，重整旗鼓。项羽觉得自己无脸见江东父老，便回身苦战，杀死敌兵数百，然后自刎。诗人有感于项羽的悲壮，创作此诗。诗之起调高亢，鲜明地提出了人生的价值取向：人活着就要做人中的豪杰，为国家建功立业；死也要为国捐躯，成为鬼中的英雄。爱国激情，溢于言表。

（1）卡罗尔·罗伊译

Summer Quatrain

A hero rules human world，
He also reigns the underworld.
I miss Xiangyu the martyr，
Who preferred death beside river.

—引自中国诗歌网“中国诗文外译”栏目总第九期

卡罗尔·罗伊的传译与原诗意境有一定的差距，且没有译出“江东”及其寓意。

（2）赵彦春译

A Quatrain in Summer

On earth，stand as a hero true；
In hell，become a gallant ghost.
To come back east Xiang wouldn't do；
Today I think of him the most.

赵译基本到位，只是“江东”的达意不足。

（3）许渊冲译

The Black River

Be man of men while you're alive,

Be soul of souls e'en if you're dead!

Think of Xiang Yu who'd not survive

His men whose blood for him was shed!

许译的前两句可谓是"神来之笔"，但后面采用浅化法省去了"江东"，可谓美中不足。

通过上面的译例，我们不难看出，中国读者读李清照的《夏日绝句》，会立刻心领神会；但译语读者不知"项羽"，更不知道"江东"代表的含义。无论译者怎样翻译，译语读者都将难以体会到原诗所含有的意韵。

［例三］从军行七首·其四

青海长云暗雪山，

孤城遥望玉门关。

黄沙百战穿金甲，

不破楼兰终不还。

——［唐］王昌龄

诗中涉及青海、玉门关和楼兰三个地名。青海指青海湖，在今青海省。唐朝大将哥舒翰筑城于此，置神威军戍守。玉门关为汉置边关名，在今甘肃敦煌西。楼兰是汉时的西域古国名，在今中国新疆罗布泊西北岸。公元前77年楼兰国更名鄯善国，并迁都扜泥城（在今新疆若羌县内），向汉朝称臣，原国都楼兰城则由汉朝派兵屯田。楼兰名称最早见于《史记》，曾经是丝绸之路必经之地，现只存遗迹。由于孔雀河的改道，罗布泊湖水萎缩，生存环境日益恶劣，公元422年以后，当地民众迫于严重干旱，遗弃楼兰城，逐渐南移。

后来鄯善国先后并吞了婼羌、小宛、精绝、且末等国，成为西域七强之一。公元448年北魏灭鄯善国，从此“楼兰”成为“沙漠中的庞贝”。诗中所言“楼兰”，是泛指唐西北地区常常侵扰边境的少数民族政权。“黄沙百战穿金甲”，极言戍边时间之漫长，战事之频繁，战斗之艰苦，敌军之强悍，边地之荒凉。但是，金甲尽管磨穿，将士的报国壮志却并没有被消磨，而是在大漠风沙的磨炼中变得更加坚定。“不破楼兰终不还”表达了将士们忠勇戍国、视死如归的豪情和决心。

（1）许渊冲译

Army Life

Clouds on frontier have darkened mountains clad in snow;
The town with Gate of Jade stands far away，forlorn.
We will not leave the desert till we beat the foe，
Although in war our golden armor be outworn.

许译避开了“楼兰”这个难处理的地名，虽不失为一种方法，但原诗所具有的含蓄美荡然无存。

（2）刘雅静译

Army Life

Snowy mountains dimmed in Qinghai by spreading clouds，
The lonely fortress looks to Jade Gate far away.
The iron armor is worn out by tedious wars in yellow sands，
Soldiers will never leave without Loulan broken through.

刘译字面上虽然出现了“楼兰”，但译语读者未必知晓其含义。

(3) 文殊、王晋熙、邓炎昌译

In the Army

The snowy mountains are darkened by clouds from the Blue Sea;
Far west of our lone garrison town the Jade Gate Pass stands.
Our armour is worn out from constant battles on the desert,
But until the Loulan are defeated we shall not return.

文、王、邓三人字面上也译出了"楼兰"，当读者看到"are defeated"，至多只能揣测到"楼兰"代表许多敌人，要知晓其背后的含义，同样是困难的。

(三) 意境和神韵

诗歌语言有其精微之处，字里行间都蕴含着意味和暗示。中国诗人所追求的是微妙、委婉、简洁地表现最广大的精神世界，而西方诗人追求的是直率、深刻和铺陈。于是，汉诗的意境和神韵能否被西方读者理解就成了古诗英译的一大问题。

[例一]

雕栏玉砌应犹在，
只是朱颜改。
问君能有几多愁？
恰似一江春水向东流。

——[五代] 李煜《虞美人·春花秋月何时了》

此词是五代时期南唐后主李煜的绝命词，写的是处于"故国不堪回首"的境遇下，愁思难禁的痛苦。全词不加藻饰，不用典故，纯以白描手法直接抒情，寓景于情，通过意境的创造以感染读者，集中地体现了李煜词的艺术特色。以“一江春水向东流”比喻愁思不尽，贴切感人。

（1）杨宪益、戴乃迭译

The cavern rail and jade work wall are as they were before:
Those rosy cheeks alone are there no more.
Tell me, what is the uttermost extent of pain, you say?
Mine is a river swollen in spring and welling east away.

（2）许渊冲译

Carved balustrades and marble steps must still be there,
But rosy faces cannot be as fair.
If you ask me how much my sorrow has increased,
Just see the over brimming river flowing east!

（3）徐忠杰译

The Palace should be still there as before
With its carved railings; jade-like steps galore.
Only here are changes which my plight entail
My complexion, once ruddy, has become pale.
Should I be asked how much anguish I have found
Strange! It is like flowing water eastward bound.

“一江春水向东流”是以水喻愁的名句。上面引用的三种译文，从字面上看，都忠实地传达了原文的意思，对于中国读者来说，一点也不会费解。但对于不熟悉中国文化和地理常识的译语读者来说，他们心里也许会发蒙：“愁与水有啥关系？春水干吗向东流呢?”可见，再好的译文也难使译语读者体会到原文那种深蕴的意韵。

［例二］天净沙·秋思

枯藤老树昏鸦，

小桥流水人家，
古道西风瘦马。
夕阳西下，
断肠人在天涯。

——［元］马致远

这首元曲小令仅用了二十八个字，就精妙绝伦地描绘出了一幅苍茫肃杀的深秋夕照图，真切地表现出了天涯浪客的孤寂愁苦之情。作者使用了一组有形的、可感的、灰色基调的意象群，即“枯藤”“老树”“昏鸦”“小桥”“流水”“人家”“古道”“西风”“瘦马”等，纯用白描手法勾勒出一幅生动的生活图景，此曲是负有盛名的情景交融的佳作，堪称经典的中国“意象派”诗歌。针对这种完全由意象组合而成的诗歌的翻译问题，译家们作了不同的探究。

（1）翁显良译

Autumn by Ma Zhiyuan

Crows hovering over rugged trees wreathed with rotten vine—the day is about done.

Yonder is a tiny bridge over a sparkling stream, and on the fair bank, a pretty little village.

But the traveler has to go on down this ancient road, the west wind moaning, his bony horse groaning, trudging towards the sinking sun, farther and farther away from home.

翁译采用散文体，完全脱离了原作的形式，应该说是一种独特的尝试，无可臧否，只是译者加进了许多原作没有的内容，好像不是在译诗，而是在写抒情散文，这样未必合适。原作除了将数个苍凉的意象并置外，并无任何多余的笔墨，而译者加进的某些词语与原作的意境并不协调。例如，把“流水”译作“a sparkling stream”，把“人家”译作“on the fair bank, a pretty little village”，其中的“sparkling”“fair”“pretty”等词与原作的形象描写和意境不甚吻合，从而有损原作孤独寂寞的意境美。

（2）丁祖鑫 & 伯顿·拉夫尔（Burton Raffel）译

Tune: Tian Jing Sha by Ma Zhiyuan

Withered vines hanging on old branches,
Returning crows croaking at dusk.
A few houses hidden past a narrow bridge,
And below the bridge quiet creek running.
Down a worn path, in the west wind,
A lean horse comes plodding.
The sun dips down in the west,
And the lovesick traveler is still at the end of the world.

丁祖鑫和伯顿·拉夫尔的译文，试图化“静”为“动”，让原作的景物活起来，是另外一种尝试。译者在前两行中加了“hanging”“returning”和“croaking”三个现在分词，在西方读者看来就变为“The withering vines are hanging on old branches, and the returning crows are croaking at dusk”，即“枯藤缠绕在老树上，黄昏归巢的乌鸦发出凄厉的哀鸣”。接下来，用“creek running”“horse comes plodding”表示“水”和“马”也是“动”的，使得一幅白描的二维图，变成了三维立体动态图，诗味强于散文味。但是，末句中的“lovesick”若改为“homesick”似乎更贴切。

（3）施文林（Wayne Schlepp）译

Tune to “Sand and Sky” —Autumn Thoughts by Ma Zhiyuan

Dry vine, old tree, crows at dusk,
Low bridge, stream running, cottages,

Ancient road, west wind, lean nag,

The sun westering,

And one with breaking heart at the sky's edge.

施文林的译文打破了英诗“形合”的束缚，将汉诗的“意合”直接西化使用。在此译文中，除了最后一句用了一个连词“and”之外，译作并无其他功能词或连接词的使用，即无完整的句子。可以说，在形式上和原文保持了一致，但遗憾的是原文中的韵律美在译文中没有体现出来。此外，译文中的意象除了给西方的读者一些异域画面之外，无法使他们解读或产生思乡之情。寓情于景中的情没了，诗的味道也就大打折扣了。

（4）许渊冲译

Tune：Clear Sky over the Sand Autumn

O'er old trees wreathed with rotten vine fly evening crows;

'Neath tiny bridge a cot a clear stream flows;

On ancient road in western breeze a lean horse goes.

Westward declines the sun;

Far, far from home is the heartbroken one.

许译在形式上最大限度地贴近原作，韵律也向原作看齐。在对前三句的处理上，没有照搬九个意象并列堆叠的方式，而是通过加入冠词、介词、动词等方式使原作中原本看似毫无关系的事物有了确切的联系。这种将“形合”与“意合”相结合的折中译法在保留原作形式美和韵律美的同时，又兼顾了西方读者的语法需求，也是一种有益的探索。然而，原作那种语言凝练、天人合一、物我交融、虚实相生的意境，仍旧不可能完全再现出来。

社会是不断发展的，人类生活迈进全球化，不同民族之间的经济文化和科学技术交流越来越密切，语言文字的发展和内涵的日益丰富，使得诗歌中某些相对不可译的东西会逐渐变得可译。

第三节　绝对的不可译性

汉字属于表意文字，是音形义的结合体。英语是表音文字，字母的拼写实际上只表达词的读音，而不具有实际的含义。两种语言的迥异造成了诗词翻译中的某些绝对不可译性，主要表现在拆字诗、神智体诗和回文诗中。

一、拆字诗

拆字诗是一种注重汉字结构特点的诗歌形式，将汉字拆解开而融入一首诗，技巧性很强，具有极大的趣味性与观赏性。读者不仅能够感受到汉字的奇妙，还能够读懂诗歌的内涵。但是，拆字诗的“形美”是不可译的。

[例一]

何处合成愁？
离人心上秋。
纵芭蕉、不雨也飕飕。
都道晚凉天气好，
有明月、怕登楼。

——［宋］吴文英《唐多令·惜别》

Where comes sorrow? Autumn on the heart
Of those who part.
See the banana trees
Sigh without rain or breeze!

All say that cool and nice is night,
But I won't climb the height
For fear of the moon bright.

——许渊冲 译

原词开头说，"愁"从何而来，是离别之人的"心"上加个"秋"，语带双关。从词情看，造成愁情的是离人悲秋，命意出奇制胜；从字面看，"愁"字是由秋、心二字拼合而成，属于"拆字诗"。此处似乎是信手拈来，涉笔成趣，毫无造作之嫌，构成了特殊的视觉形式美。可是，英译时，却只能做到传达原作的深层意思，而无法再现原作的视觉形式美。此外，译文最后两句的语序似乎有点"不顺"，原作"有明月、怕登楼"，怕的不是明月，而是登楼，因此译文宜调换位置：

Even if the moon is bright,
I fear climbing the height.

[例二]

凡鸟偏从末世来，
都知爱慕此生才。
一从二令三人木，
哭向金陵事更哀。

——《红楼梦》

在判词中，曹雪芹为暗示金陵十二钗的命运，使用了多种修辞手法，其中就有双关、夸张、比喻、拆字等。在翻译《红楼梦》这部文学巨著时，无论是中西合璧的翻译大家杨宪益、戴乃迭夫妇，还是英国汉学家大卫·霍克斯都无法再现原作的精彩。

（1）杨宪益、戴乃迭译

This bird appears when the world falls on evil times;

None but admires her talents and her skill;
First she complies, then commands, then is dismissed,
Departing in tears to Jinling more wretched still.

(2) 大卫·霍克斯译

This phoenix in a bad time came;
All praised her great ability.
"Two" makes my riddle with a man and tree:
Returning south in tears she met calamity.

第一、二句中的“凡鸟”暗指王熙凤。“凡鸟”是从“凤”的繁体“鳯”拆分出的两个字。画作里的雌凤靠着冰山，这冰山就指即将没落的贾府。凤凰虽是神鸟，但拆分出的“凡鸟”却比喻庸才。这个典故出自《世说新语》：晋代吕安访问嵇康，嵇康不在，他的哥哥请吕安进屋坐，但吕安没有进门，写了一个“凤”字。嵇康的哥哥以为吕安在夸奖他，其实吕安是在隐晦地嘲笑他是凡鸟、庸才。[①] 杨、戴将凡鸟译作“bird”，将原文隐含的意思挑明，虽然贴合原文的意思，但是却失去了“琵琶半遮”的韵味，也与后文中的众人称赞不太相符，对不懂典故的读者而言理解上有难度，而霍译则是“phoenix”，将凡鸟的出处点明，与后续的内容连接自然。

对于第三、四句的理解争议最大，有不少人套用同样的拆字法来分析原文。关于“一从二令三人木”，一种说法是指凤姐对贾琏（她的丈夫）的态度变化：最初对贾琏言听计从，后来开始发号施令，最终被休（“人木”）；另一种说法则恰好相反，说这是贾琏对凤姐的态度变化：最开始对凤姐言听计从，后来就开始对她冷淡（“二令”组成“冷”字），最后休弃了她。依据王熙凤的行事作风，这两种说法都有可能。从译文来看，杨、戴显然采用了第一种解读，用“comply”“command”“dismissed”写出了凤姐的命运转变，

① 安忆涵：《论〈红楼梦〉对〈世说新语〉典故的运用》，《曹雪芹研究》2022 年第 3 期。

讲述得十分清楚。而霍译则简单许多，省去了前面的弯弯绕绕，直接表明了凤姐最后被休的命运，他的译文“‘Two’ makes my riddle with a man and tree”沿用了判词的隐晦风格，一人一木两者组成谜语——谜底是“休”。杨、戴的译文只是给出了诗歌的含义，但是其情趣却无从复现。霍的译文更是逊色很多，没有译出“从”和“令”，只是诠释了“休”。根据霍的译文，译语读者能理解“‘Two’ makes my riddle with a man and tree”吗？绝无可能。

汉语中的拆字诗并不少见，再如：

日月明朝昏，

山风岚自起。

石皮破仍坚，

古木枯不死。

可人何当来？

意若重千里。

永言咏黄鹄，

志士心未已。

——［宋］刘一止《志士诗》

这首诗（第六、八两句除外），每一句的前两个字都由第三字拆分而来。第六句则将“重”拆为“千”“里”，第八句将“志”拆为“士”“心”。翻译时，若想再现这种视觉形式美，也是不可能的。

二、神智体诗

神智体诗原是拆字的一个分支，是一种近乎谜语的诗体，亦称“形意诗”“谜象诗”。它通过谐音、文字形体和笔画大小疏密的变化、位置的正反和结构的拆借增减等艺术手法来“以意写图，使人自悟”。因其设想新奇，能启人神智，故称神智体诗。

重庆万县太白岩上，有一处明代嘉靖年间无名氏的神智体诗碑，被当地人叫作“诗谜碑”。上有八个字：“竹岩亭开夜事有来。”这八个字的字形较古怪，“竹”字小得不成比例，“岩”字反书且横卧，“亭”字写作“亭”但无中间两横，“开”字繁体且少了半边，“夜”字十分长大，“事”字少了最上面一长横，“有”字倾斜欲倒，“来”字繁体却少了最后两笔。这一神智体诗的答案至今没有定论，有人猜释是：

小竹横岩栽，

空亭门半开。

夜长无一事，

偏有一人来。

这一猜测当有根据。“竹”字写得很小，谓之“小竹”；“岩”字横着写，谓之“横岩”。这两个字构成诗的第一句，叫作“小竹横岩栽”。

第三个是“亭”字，却缺了两画，显出空隙，所以谓之“空亭”；第四个字是繁体字“开”字的半边，也即“开”字缺了一半，故谓之“门半开”。这又构成诗的第二句：“空亭门半开。”

第五个“夜”字写来形长，故谓之“夜长”；第六个“事”字却缺了一画，也就是缺了一个“一”字。构成第三句：“夜长无一事。”

第七个“有”字偏着写，叫作“偏有”；第八个是繁体的“来”字，但缺了两笔，即缺了个“人”字，故构成第四句：“偏有一人来。”

但上述猜释似可商榷。首先，这应是一首近体诗，即五言绝句。首句“小竹横岩栽”中的“横岩栽”是三个平声字，导致前人所说的“三连平”，是诗家之大忌。或可改作“小竹横岩上”，可能最切合字面形式，因为那个写得很小的“竹”字正处在横写的“岩”字上面。

其次，第二句中“空亭”似应作“亭空”较好，这里虽不涉平仄格律问题，因为它们都是平声字，且格律要求也需用平声字，但因“亭”字中有缺笔，有空隙，顺着说“亭空”或比倒着说“空亭”更加顺当。

最后，末句“一人来”，紧接上句“无一事”，两个“一”字似嫌重复。而且“来”字缺“人”，是为佚去，所以又有人认为“偏有一人来”应作“偏有佚人来”，且佚人（民）又指隐士。

按照上面的分析，这首神智体诗的猜释答案似乎可以是：

小竹横岩上，

亭空门半开。

夜长无一事，

偏有佚人来。

不管怎么说，这首由“竹岩亭开夜事有来”八个字演化而来的诗是无法翻译的。如果说其中的倾斜、颠倒、反写尚可以通过对相应的英文单词作相同处理而使视象美重现的话，那么，曲笔和离断便是绝对不可译因素，因为砍去几个字母就会使英文单词面目全非，另有所指了。英语的纯表音特点决定了一个单词不大可能像汉字一样，在缺损的情况下依然可以猜读出其本身及其所暗示的意思。

三、回文诗

回文诗能够回还往复，正读倒读皆成章句，是我国文人墨客卖弄文才的一种文字游戏，但也不失为中华文化独有的一朵奇葩。回文诗可分为通体回文、就句回文、双句回文、本篇回文及环复回文等。

（一）通体回文

通体回文指通篇逐字正读倒读都可以。例如：

（正读）

罗香一幅半题词，

月邀盟深刻漏迟。

何奈可沉鱼与雁，

梦入愁念系人思。

（倒读）

思人系念愁入梦，

雁与鱼沉可奈何！

迟漏刻深盟邀月，

词题半幅一香罗。

——［明］方汝浩《题罗帕诗》

（二）就句回文

就句回文又叫本句回文、当句回文，指后半句即为前半句的倒读，从左右两边读都可。例如：

垂帘画阁画帘垂，

谁系怀思怀系谁？

影弄花枝花弄影，

丝牵柳线柳牵丝。

脸波横泪横波脸，

眉黛浓愁浓黛眉。

永夜寒灯寒夜永，

期归梦还梦归期。

——［清］李旸《春闺》

（三）双句回文

双句回文指下一句为上一句的回读。例如：

柳庭风静人眠昼。

昼眠人静风庭柳。

香汗薄衫凉。

凉衫薄汗香。

手红冰碗藕。

藕碗冰红手。

郎笑藕丝长。

长丝藕笑郎。

——[宋] 苏轼《菩萨蛮·回文夏闺怨》

(四) 本篇回文

本篇回文指一首诗词本身完成一个回复，即后半篇是前半篇的回复。

盐飞乱蝶舞，

花落飘粉奁。

奁粉飘落花，

舞蝶乱飞盐。

——[南北朝] 萧纲《咏雪》

诗中的飞盐、落花、舞蝶、奁粉，都用来比喻雪花。第一句和第四句是回文，第二句与第三句是回文。即一首诗的下半部是上半部的回复。

(五) 环复回文

环复回文指先连续至尾，再从尾连续至开头。例如：

秦观所作《赏花》:“赏花归去马如飞，酒力微醒时已暮。”

这十四个字看似很难理解，据说它的创作背景是：苏轼前去秦观家拜访，恰逢秦少游出门游玩，少游闻讯便写下了这十四字寄给了苏轼。结果只有苏轼解出了精妙。

赏花归去马如飞，

去马如飞酒力微。

酒力微醒时已暮，

醒时已暮赏花归。

——[宋] 苏轼《赏花归去》

将这十四个字拆开，每个字都用两次，就可以组成一首精巧绝伦的回文诗。此诗这种连环往复的方式，有点像顶真格的写法。

回文诗可以解读、分析、研究，但不能翻译，即便按照顺叙和倒叙翻译出来，译文也不能倒读，谁要想领略汉语回文诗的奇妙，一定要读汉语原作。这种因语言本身差异造成的不可译性构成了绝对不可译的一面。

英语有由字母构成的回文句子，如："Able was I ere I saw Elba"。据说这是 1814 年拿破仑被流放到意大利的厄尔巴岛（Elba）时说的一句话。这句话从左向右读，或从右向左读，意思都一样（若拼写出来，第一和最后一个单词的首、尾字母的大小写要作变化）。钱歌川译为"我在看到厄尔巴岛之前曾是强有力的"，许渊冲译为"不见棺材不掉泪"，马红军译为"落败孤岛孤败落"。三个译文中只有第三个译文具有回文特征，但该译文丢失了原文的语境和语义，就是说，英语回文译成中文即便可以勉强为之，也不可能将原作的视觉形式美完全再现出来。

英语也有由单词构成的回文句子（单词不拆分为字母），如：

King, are you glad you are king? 国王，你很高兴你是国王吗？（无法译成回文句）

You can cage a swallow, can't you? But you can't swallow a cage, can you? 你可以把一只燕子关在笼子里，对吗？但是你不能吞下笼子，是吗？（无法译成回文句）

由此可见，英语能构成回文的条件非常有限，由字母或单词构成的回文诗，更不曾见到。

汉语则不一样，回文诗不胜枚举，但要译成英文，完全再现原诗回文的视觉形式美，也是不可能的。如下为一首比较简短的七言回文诗。

文姬回文诗

春回地绿山青青，

绿山青青碧水盈。

盈水碧青青山绿，

青青山绿地回春。

这是一首“本篇回文”诗，即诗本身完成一个回复，第一句和第四句是回文，第二句与第三句是回文。

（1）秦大川译

Spring returns land green hills green

Green hills o'er swelling blue streams

Blue streams swell around hills green

Green hills with return of spring

译者尝试以单词为单位，再现原诗的回文特征，未能如愿。且看译文是如何表达的。

将“春回地绿山青青”译作“Spring returns land green hills green”，基本达意，但“山青青”的叠字未能译出，且倒读困难。

将“绿山青青碧水盈”译作“Green hills o'er swelling blue streams”，“绿山青青”中的“青青”没有译出；将“碧水盈”译作“o'er swelling blue streams”，基本达意，但不合原诗的语序，且无法倒读。

将“盈水碧青青山绿”译作“Blue streams swell around hills green”，译文本身走样了，按“本篇回文”的要求应是第二句的倒读，即“Streams blue swelling o'er hills green”。显然，这是无法读通的。

将“青青山绿地回春”译作“Green hills with return of spring”，译文本身也走样了。按要求，第四句应是第一句的回文，即“Green hills green land returns spring”。显然，也是读不通的。

（2）赵彦春译

（初译）

Green spring shows **the** hill green

Green **the** hill **the** stream blues

Blues **the** stream **the** hill green

Green **the** hill shows spring green

此译是否忠实地达意且不谈，只因为句中有定冠词“the”，便无法倒读。若将“the+名词”看作一个整体词，虽可倒读，但已不合回文的规则了。

（改译）

Green spring，lo，hills all green

Green all hills make streams clean

Clean streams make hills all green

Green all hills，lo，spring green

此译本身虽然可以倒读了，但是“春回地绿”和“绿地回春”没有译出，“盈”变成了“清（clean）”，“lo”（看，瞧）是原诗没有的。译文和原诗的意思、结构、风格等已相去甚远了，实际成了译者自己写的一首英语回文诗。

上面这首《文姬回文诗》是比较简单的，再看一首比较复杂的。明末浙江才女吴绛雪写有《四时山水诗》，分为春夏秋冬四季，每季只有一句话十个字，然而，从十个字的诗文中却可以回环出一首七绝来，所描写的四季特色分明，让人回味无穷。此诗形式奇特，字句凝练，情趣横生，别具一格，故被世人称为诗中的“袖珍”。下面就来领略一下此诗的奇特之处。

春：莺啼岸柳弄春晴夜月明

夏：香莲碧水动风凉夏日长

秋：秋江楚雁宿沙洲浅水流

冬：红炉透炭炙寒风御隆冬

回文解读如下：

春

（莺啼岸柳弄春晴夜月明）

莺啼岸柳弄春晴，
柳弄春晴夜月明。
明月夜晴春弄柳，
晴春弄柳岸啼莺。

夏

（香莲碧水动风凉夏日长）
香莲碧水动风凉，
水动风凉夏日长。
长日夏凉风动水，
凉风动水碧莲香。

秋

（秋江楚雁宿沙洲浅水流）
秋江楚雁宿沙洲，
雁宿沙洲浅水流。
流水浅洲沙宿雁，
洲沙宿雁楚江秋。

冬

（红炉透炭炙寒风御隆冬）
红炉透炭炙寒风，
炭炙寒风御隆冬。
冬隆御风寒炙炭，
风寒炙炭透炉红。

这种形式的诗，是无法英译的，因为我们不可能每句找出十个英语单词，让它们又能回环组成一首新诗。

吴绛雪的《四时山水诗》有点复杂，但还有更复杂的。清同治御窑小茶壶上有一首“环复回文”诗（作者黄伯权），显得更加神奇。

从壶上任何一字读起，不论顺读倒读，都可组成五言诗一首。若从下方的“落”字开始，逆时针方向往下读，可得诗如下：

落雪飞芳树，

幽红雨淡霞，

薄月迷香雾，

流风舞艳花。

若从下方的“花”字开始，顺时针方向往下读，可得诗如下：

花艳舞风流，

雾香迷月薄，

霞淡雨红幽，

树芳飞雪落。

若从下方的“雪”字开始，逆时针方向往下读，可得诗如下：

雪飞芳树幽，

红雨淡霞薄，

月迷香雾流，

风舞艳花落。

若从下方的“艳”字开始，顺时针方向往下读，可得诗如下：

艳舞风流雾，

香迷月薄霞，

淡雨红幽树，

芳飞雪落花。

照这样“左右开弓”往下读，总共可组成五言诗四十首。

如果觉得“茶壶回文诗”有点神奇，那么，当我们看到《璇玑图》时，就会感到神奇莫测了。

相传《璇玑图》是前秦时期才女苏蕙所作的回文诗章。苏蕙之夫窦滔因拒不服从军令，被左迁至甘肃敦煌，后又获令镇守襄阳。在此期间，窦滔另寻新欢，苏蕙甚为不满，随后断绝了与窦滔的联系。不久，苏蕙对与丈夫断绝往来的事情十分后悔，独守空房的苏蕙将对丈夫的漫长思念之情寄托在自小的爱好——诗词歌赋上，转眼间已写出几百篇诗章。苏蕙将诗篇进行绝妙的编排，以五色丝线在八寸见方的锦缎上绣下了句句回文的两百余首诗词，这就是《璇玑图》，无论正读、反读、纵横反复都可以是一篇诗章，堪称是巧夺天工的名作。苏蕙差人将《璇玑图》送至襄阳窦滔手中。看到妻子诗文的窦滔感受到妻子苏蕙的爱意，最终派出精心修饰的礼车将苏蕙接回襄阳。两人恩爱如初。

《璇玑图》总计八百四十一字，纵横各二十九字，纵、横、斜、交互、正、反读或退一字、迭一字读均可成诗，共有一千多种成诗方法，诗有三、四、五、六、七言不等，甚是绝妙，广为流传，是文字游戏的登峰造极之作。对于这样的诗作，翻译家们纵使有天大的本事，也无法找出八百四十一个英文单词放在原图的位置上，使其像原作一样任意组成一千多篇诗章来。

中国古典诗词不论是在内容、音韵还是艺术手法上，都已经获得了极高的艺术成就，千百年来，传诵不衰。然而正是由于它意境优美，韵律严格，文字凝练，形式整齐而又多变，需处理的不可译的成分颇多，要想将其译为英文，让译语读者与源语读者同样领略到中国古典诗词的“三美”更是困难重重。我们永远无法做到与源语等值，只能无限地接近源语，达到极似或者胜似。在这个意义上说，译者的探索永无止境。译诗好比攀山，“只有不畏劳苦沿着陡峭山路攀登的人，才有希望达到光辉的顶点”。①

① 陈敬全：《久久为功的坚持获得的重要科学发现》，《世界科学》2021 年第 6 期。

参考文献

[1] GRAHAM A C. Poems of the late t'ang [M]. London: Penguin, 1977.

[2] LIONELLO LANCIOTTI. One hundred and seventy Chinese poems by Arthur Waley [J]. East and West, 1963, 14 (12): 126-127.

[3] DE MAIOS, ROSALY. The columbia book of Chinese poetry [J]. Library Journal, 1984, 109 (13): 1453.

[4] HUANG HONGQUAN. Anthology of Song-dynasty ci-poetry [M]. Beijing: People's Liberation Army Publishing House, 1988.

[5] DOMINIC CHEUNG. Among the flowers by Lois Fusek [J]. World Literature Today, 1983, 57 (2): 346-347.

[6] WANG C H, LIN JULIA C. Modern Chinese poetry: An introduction [J]. Journal of the American Oriental Society, 1974, 94 (2): 220.

[7] GLORIA DAVIES. Modern Chinese poetry: Theory and practice since 1917 [J]. The China Journal, 1993, 30: 208-209.

[8] YU PAULINE . The poetry of Wang Wei [M]. Boomington: Indiana University Press, 1980.

[9] REWI ALLEY. Selected poems of the Tang and Song Dynasties [M]. Hong Kong: Hai Feng Publishing Company, 1981.

[10] OWEN, S. The great age of Chinese poetry: The high Tang [M]. Yale University Press, 1981.

[11] WANG WEI. Laughing lost in the mountains: Poems of Wang Wei [M]. New Hampshire: University Press of New England, 1991.

[12] LIU WU-CHI, IRVING YUCHENG LO. Sunflower splendor: Three thousand years of Chinese poetry [M]. New York: Anchor Books, 1975.

[13] YANG XIANYI, YANG GLADYS. Poetry and prose of the Tang and

Song [M]. Beijing：Foreign Languages Press，2005.

[14] 冯景阳. 文学概论 [M]. 沈阳：辽宁人民出版社，1985.

[15] 徐忠杰. 唐诗二百首英译 [M]. 北京：北京语言学院出版社，1990.

[16] 王佐良. 英国诗选 [M]. 上海：上海译文出版社，2011.

[17] 许渊冲. 许渊冲译诗经：风 [M]. 北京：中译出版社，2021.

[18] 许渊冲. 许渊冲译诗经：雅 [M]. 北京：中译出版社，2021.

[19] 许渊冲. 许渊冲译诗经：颂 [M]. 北京：中译出版社，2021.

[20] 许渊冲. 许渊冲译楚辞 [M]. 北京：中译出版社，2021.

[21] 许渊冲. 许渊冲译宋词三百首：上册 [M]. 北京：中译出版社，2021.

[22] 许渊冲. 许渊冲译宋词三百首：下册 [M]. 北京：中译出版社，2021.

[23] 汪榕培. 汉魏六朝诗三百首 [M]. 长沙：湖南人民出版社，1998.

[24] 施向东. 诗词格律初阶 [M]. 天津：天津大学出版社，2001.

[25] 王力. 汉语诗律学 [M]. 2 版. 上海：上海教育出版社，2005.

[26] 侯娟娟. 英汉语言的对比研究 [M]. 北京：北京工业大学出版社，2020.

[27] 吴扬才，王仁才. 小学生必背古诗 70 首 [M]. 长沙：湖南文化音像出版社，2005.

[28] 唐一鹤. 英译唐诗三百首 [M]. 天津：天津人民出版社，2005.

[29] 黄中习. 中华对联研究与英译初探 [M]. 长春：时代文艺出版社，2005.

[30] 许渊冲. 许渊冲英译李白诗选 [M]. 北京：中国对外翻译出版有限公司，2014.

[31] 许渊冲. 许渊冲英译杜甫诗选 [M]. 北京：中国对外翻译出版有限公司，2014.

[32] 许渊冲. 许渊冲英译王维诗选 [M]. 北京：中国对外翻译出版有限公司，2014.

[33] 许渊冲. 许渊冲英译白居易诗选 [M]. 北京：中国对外翻译出版有限公司，2014.

[34] 许渊冲. 许渊冲译唐诗三百首 [M]. 北京：中译出版社，2021.

[35] 许渊冲. 翻译的艺术 [M]. 北京：五洲传播出版社，2018.

[36] 宗白华. 宗白华全集：第 2 卷 [M]. 合肥：安徽教育出版社，1994.

[37] 雪莱. 爱的哲学：雪莱经典诗选 [M]. 江枫，译. 北京：中国文史出版社，2021.

[38] 拜伦. 拜伦诗选 [M]. 查良铮，译. 北京：人民文学出版社，2021.

[39] 莎士比亚. 莎士比亚全集：1-10 [M]. 朱生豪，译. 北京：民主与建设出版社，2021.

[40] 狄金森. 狄金森诗选 [M]. 屠岸，译. 哈尔滨：北方文艺出版社，2019.

[41] 济慈. 济慈诗选 [M]. 屠岸，译. 长春：时代文艺出版社，2020.

[42] 朗费罗. 朗费罗诗选 [M]. 叶津，译. 北京：光明日报出版社，2014.

[43] 朗费罗. 朗费罗诗选 [M]. 杨德豫，译. 北京：人民文学出版社，1759.

[44] 莎士比亚. 莎士比亚十四行诗 [M]. 屠岸，译. 哈尔滨：北方文艺出版社，2019.

[45] 乔叟，等. 英国历代诗歌选：上 [M]. 屠岸，译. 哈尔滨：北方文艺出版社，2019.

[46] 胡德，等. 英国历代诗歌选：下 [M]. 屠岸，译. 哈尔滨：北方文艺出版社，2018.

[47] 布雷兹特里特，等. 美国诗选 [M]. 屠岸，译. 哈尔滨：北方文艺出版社，2018.

[48] 莎士比亚. 莎士比亚叙事诗 · 抒情诗 · 戏剧 [M]. 屠岸，译. 哈尔滨：北方文艺出版社，2019.

[49] 孙建军. 汉书 [M]. 长春：吉林文史出版社，2017.

[50] 拜伦. 雅典的少女：拜伦诗歌精选 [M]. 查良铮，译. 北京：人民文学出版社，2008.

[51] 彭斯. 彭斯抒情诗选 [M]. 袁可嘉，译. 长沙：湖南文艺出版社，1996.

[52] 程雪猛，祝捷，张琨，等. 英语爱情诗歌精粹 [M]. 武汉：武汉大学出版社，2000.

[53] 许国璋. 英语：第四册 [M]. 北京：商务印书馆，1979.

[54] 雪莱. 雪莱诗选 [M]. 江枫，译. 长春：时代文艺出版社，2019.

[55] 许渊冲. 唐五代词选 [M]. 北京：五洲传播出版社，2019.

[56] 朱曼华. 李清照诗词英译全集 [M]. 北京：商务印书馆国际有限公司，2018.

[57] 迪志文化公司. 御制诗集 [M]. 香港：迪志文化出版有限公司，2003.

[58] 李虹.《红楼梦》诗词英译移情比较研究 [M]. 芜湖：安徽师范大学出版社，2020.

[59] 许渊冲. 许渊冲英译毛泽东诗词 [M]. 北京：中译出版社，2020.

[60] 曹顺发. 走进“形美”：古汉诗英译实践点滴 [M]. 北京：国防工业出版社，2007.

[61] 吴伏生. 汉诗英译研究：理雅各、翟理斯、韦利、庞德 [M]. 北京：学苑出版社，2012.

[62] 卓振英. 汉诗英译论纲 [M]. 杭州：浙江大学出版社，2011.

[63] 邹世诚. 实用英语语音 [M]. 南宁：广西人民出版社，1983.

[64] 刘克璋. 元散曲一百首欣赏与英译 [M]. 北京：新华出版社，2010.

[65] 吕叔湘. 中诗英译比录 [M]. 北京：中华书局，2002.

[66] 张智中. 汉诗英译美学研究 [M]. 北京：商务印书馆，2015.

[67] 任治稷，余正. 从诗到诗：中国古诗词英译 [M]. 北京：外语教学与研

究出版社，2006.
[68] 庞秉钧，闵福德，高尔登. 中国现代诗一百首 [M]. 北京：中国对外翻译出版公司，1993.
[69] 吕叔湘. 英译唐人绝句百首 [M]. 长沙：湖南教育出版社，1980.
[70] 孙大雨. 英译唐诗选 [M]. 上海：上海外语教育出版社，2007.
[71] 唐玲玲，周伟民. 非马艺术世界 [M]. 广州：花城出版社，2010.
[72] 唐正秋. 中国爱情诗精选 [M]. 成都：四川人民出版社，2006.
[73] 朱丽云. 中国古诗一百首：汉英对照插图本 [M]. 郑州：大象出版社，2000.
[74] 王宝童. 王维诗百首 [M]. 上海：上海世界图书出版公司，2005.
[75] 王大濂. 英译唐诗绝句百首 [M]. 天津：百花文艺出版社，1997.
[76] 毛华奋. 汉语古诗英译比读与研究 [M]. 上海：上海社会科学院出版社，2007.
[77] 刘若愚. 中国古诗评析 [M]. 王周若龄，周领顺，译. 开封：河南大学出版社，1989.
[78] 刘若愚. 中国诗学 [M]. 韩铁椿，蒋小雯，译. 武汉：长江文艺出版社，1991.
[79] 吴扬才. 风韵 [M]. 武汉：长江出版社，2003.
[80] 上海古籍出版社. 诗韵新编 [M]. 上海：上海古籍出版社，1978.
[81] 张南峭. 诗经 [M]. 郑州：河南人民出版社，2020.
[82] 王奕清，等. 钦定词谱 [M]. 北京：中国书店，2010.
[83] 鲁迅，张彦，张荣. 汉文学史纲要 [M]. 厦门：厦门大学出版社，2021.
[84] 叶红卫，刘金龙. 中国古诗词英译研究新探 [M]. 上海：上海交通大学出版社，2019.
[85] 江堤. 诗说岳麓书院 [M]. 长沙：湖南大学出版社，2002.

[86] 王力. 王力古汉语字典 [M]. 北京：中华书局，2015.
[87] 贾爱媛. 古典诗词语言通论 [M]. 北京：社会科学文献出版社，2018.
[88] 何海燕. 诗经 [M]. 石家庄：河北教育出版社，2022.
[89] 叶春林. 诗经 [M]. 武汉：崇文书局，2007.
[90] 沐言非. 诗经 [M]. 北京：民主与建设出版社，2019.
[91] 马维野. 诗词曲格律入门 [M]. 沈阳：辽宁人民出版社，2019.
[92] 龚祖培. 楚辞 [M]. 成都：四川文艺出版社，2021.
[93] 郭艳红. 楚辞 [M]. 哈尔滨：北方文艺出版社，2019.
[94] 韩星. 楚辞 [M]. 西安：三秦出版社，2018.
[95] 张保红. 古诗英译中西翻译流派比较研究 [M]. 北京：人民出版社，2018.
[96] 魏清光，杨梅. 新形势下我国古诗词英译策略探析 [J]. 翻译研究与教学，2018 (1)：61-65.
[97] 李特夫. 跨文化传播的译事之殇：英美杜诗英译中的误读、误译研究 [J]. 中华文化论坛，2013 (7)：129-132.
[98] 蔡一帆. 浅谈中国古诗词翻译的若干问题 [J]. 广州大学学报（社会科学版），2003 (2)：68-73，98.
[99] 卢彩虹. 翻译偏差的存在理据及其概念解读 [J]. 浙江工业大学学报（社会科学版），2010 (1)：114-120.
[100] 冯启萍. 文学误读对中国古诗词翻译的影响 [J]. 科技资讯，2010 (11)：232.
[101] 高和娟，赵亚珉，陈扬.《鲍勃·迪伦诗歌集》汉译中的误译探析 [J]. 海外英语，2020 (19)：161-162.
[102] 宋一恒，廖志勤. 基于文化传播视角的加里·斯奈德寒山诗英译中的误译研究 [J]. 名作欣赏，2017 (27)：5-7，18.
[103] 侯晓彤.《全宋词》九十八、九十九、一百零一字长调词律研究 [D].

济南：山东师范大学，2015.
[104] 张素月. 永恒的爱情 久远的魅力：斯宾塞爱情组诗《爱情小唱》第 30 首赏析 [J]. 和田师范专科学校学报，2008 (4)：108-109.
[105] 黄中习. 也谈陶诗英译：兼与侯向群先生商榷 [J]. 百色学院学报，2003 (4)：44-46.
[106] 陈敬全. 久久为功的坚持获得的重要科学发现 [J]. 世界科学，2021 (6)：56-58.
[107] 王珂. 截句的诗体学意义 [J]. 河南社会科学，2019 (5)：41-47.
[108] 张斯. 刘勰《文心雕龙》“隐秀”说研究 [D]. 桂林：广西师范大学，2010.
[109] 张清. 高中语文古诗词教学中美育渗透的现状及改进策略研究 [D]. 开封：河南大学，2021.
[110] 吴作祯. 吴嘉纪古体诗研究 [D]. 南昌：江西师范大学，2019.
[111] 边少瑞. 王昌龄诗歌创作与《诗格》之关系研究综述 [J]. 才智，2019 (2)：197-198.
[112] 梁丽娟. 字字声声总关情：也谈《声声慢》中的十四字叠词 [J]. 现代语文（教学研究版），2012 (12)：60-61.
[113] 邓卓，许芳琼. 文化审美视角下的古诗词人名翻译 [J]. 长治学院学报，2021 (6)：125-128.
[114] 杨立英. 浅析古典诗词的形美和音美 [J]. 科技创新导报，2014 (5)：227.
[115] 黄培希，王燕华. 中国古诗英译理论研究述评 [J]. 2013 3rd International Conference on Applied Social Science，2013 (3)：537-543.
[116] 何之荷. 古体诗：穿越千年的精神密码 [J]. 现代商业银行，2022 (9)：104-109.

[117] 翟朋. 贡奎古体诗赏析 [J]. 名作欣赏，2022 (11)：13-15.

[118] 丁媛. 从可译性和不可译性角度看中国古诗词的英译 [J]. 青年文学家，2011 (22)：123.

[119] 李光凤. 可译性及不可译性分析及翻译策略 [J]. 英语广场，2016 (4)：31-32.

[120] 吴珊秀. 英语格律诗歌的可译性与不可译性 [J]. 南昌高专学报，2009 (2)：67.

[121] 饶卫民. 论诗歌翻译的可译性与不可译性 [J]. 安顺学院学报，2012 (6)：27-29.

后记

中国古典诗词蕴含着博大精深的传统文化，是优秀文化的精华体现，它们不仅体现了文字之美和思维之美，更为重要的是，它们蕴含着十分丰富的文化内涵和文化价值。汉语古典诗词的翻译，在文化全球化的今天，对于中国传统文化的对外传播和全球文化的相互交流起着至关重要的作用，值得广大学者、诗词学专家、翻译家为之不懈付出。

时光荏苒，岁月如梭、如歌，几度寒暑、春秋转瞬即逝，几年伏案耕耘终成稿，值此书稿付梓之际，愿借得大江千斛水，研为翰墨颂恩情。

在本书撰写过程中，湖南大学刘正光教授、张娴副教授提供了许多非常宝贵的建设性意见。桃李不言，下自成蹊，两位老师高远的国际化视野，深厚的学术造诣，严谨的治学风格，身正学高的师者风范令我们受惠良多，他们是我们工作和学术道路上的楷模。在此表示衷心的感谢！

特别对曾经翻译过《江格尔》（国家级非物质文化遗产之一）、《小学生必背古诗70首》、《湖南大学校歌》以及部分苏东坡诗词的良师益友吴扬才教授致以最深挚的感谢！回顾本书的形成过程，从选题到立题，从搜集资料、研究撰写到修改成稿，无不凝聚着吴老师的心血，闪烁着吴老师的智慧。大师风范，高山仰止，吴老师视野雄阔，思想深邃，他渊博的专业知识、严谨的治学态度、精益求精的工作作风、诲人不倦的高尚师德、朴实无华的人格魅力对我们影响深远。没有老师的支持、鼓励和教导，单凭我们的驽钝资质，形成如此之长篇实属异想天开。教导之恩，永志难忘！

一路走来，感谢诸多朋友、同事的相伴相助，他们的帮助使我们这些年的工作生活充实、快乐而难忘，也使我们的写作得以顺利完成。

最后，非常感谢我们的家人一直以来的理解、支持和关怀。家人们无私的奉献是我们工作的精神支柱，乃至人生道路上的力量之源。今后人生道路仍需师长与亲友们引导扶助，感恩之心，伴随终生。

限于我们才识浅薄，书中观点难以尽善，疏漏谬误在所难免，敬请诸位读者批评指正。

作　者

2023 年 10 月于长沙